日本文学の古典50選

久保田 淳

角川文庫
22438

はじめに

土地の開発・再利用のために地面を掘ると、しばしば古代や中世の人々の遺跡が発見されます。そのようなことから、昔の人々の生活が具体的にわかってきて、日本の考古学や歴史学はいちじるしく発展しました。

では、昔の人々はどんなことを考え、何に喜びを見いだし、また何を嘆き悲しんだのでしょうか。それらのことを知るためには、わたくしたちは大地だけではなく、昔の人々が書き残したたくさんの古い書物の世界を掘り起こす必要があるでしょう。

日本人が物を書き残すようになった初めを七世紀初頭の聖徳太子の頃とすると、それからざっと一四世紀近く、近代の百年をのぞいても、一三世紀近くの時が流れたことになります。その間に書き残された物はおびただしい数にのぼります。それを掘り起こすなんて、気の遠くなるような作業だと思う人もいるでしょう。けれども、昔の人々の心の遺跡は、たとえば百舌鳥《もず》古墳群《こふんぐん》やピラミッドのように、このおびただしい古い書物の平野の上にそびえ立っているのです。それが古典文学です。そして、それらを発掘するためには、シャベルもブルドーザーも要りません。要るのはあなたがたの新鮮な心、柔軟な感性だけです。

この本は、そのように日本の古典文学の世界から昔の人々の心、ものの考え方や感じ方をさぐってみようと思う若い人々のための、簡単なガイドブックの役目を果たすことができればという心づもりで書かれたものです。全体は上代の文学・中古の文学・中世の文学・近世の文学の四章から成り、五〇の作品ごとに節を立て、各節見出しの下には、だいたいの目星をつけるために、①作品の種類、②巻冊数、③成立年代、④作者、⑤読むのに手ごろな本（例：「新古典大系」は『新日本古典文学大系』岩波書店刊の略）の順で、要点を掲げてあります。ただ、古典文学の作品は伝わる過程でさまざまに変化することが多いので、一つの作品でも本によって違うことが少なくありません。それゆえ引用本文は⑤に示した本の本文と一致するとはかぎりません。また、なるべく読みやすい形に整えました。

作品はだいたい年代順に配列してありますが、一節一節読み切りの形なので、どの節から読んでもかまいません。なお、文学史全体の流れもとらえられるように、各章初めに概説を掲げ、巻末に略年表を添えました。このささやかな本がきっかけとなって、みなさんが直接それぞれの古典文学に親しむようになられること——それがわたくしの念願です。

一九八四年一〇月

久保田　淳

目次

各節の見出しページに紹介した本の略称の正式書名は次のとおりです。
・「新古典大系」は『新日本古典文学大系』（岩波書店刊）
・「新古典全集」は『新編日本古典文学全集』（小学館刊）
・「古典集成」は『新潮日本古典集成』（新潮社刊）
・「ソフィア」は角川ソフィア文庫（KADOKAWA刊）
・「BC」は角川ソフィア文庫ビギナーズ・クラシックス（KADOKAWA刊）

Ⅰ　上代の文学

どこの国の場合でも、いつその国の人々が美しい歌を歌いはじめ、おもしろい物語を語り始めたかは、はっきりしないのがふつうであるが、人間の歴史一般を考えると、それはそうとう早くから始まっているのではないだろうか。洞窟《どうくつ》などに素朴な絵を残している人々は、おそらくそのような歌や物語を楽しんでいたのであろう。そのときすでに文学は芽生えていると言ってよい。ただ、それらの歌や物語が書き留められるまでには、かなりの年月を要するようである。日本文学の場合も、その始まりがいつかはわからない。そして、日本の場合はもともと固有の文字もなかったから、それら文学の萌芽《ほうが》は長らく口伝え（口承《こうしょう》）の状態であって、書き写されることもかなり遅れた。しかし、中国大陸・朝鮮半島から、中国の書籍や仏教の経典などがもたらされ、日本民族独自の文学の芽は急速に大きく育っていったのであろう。このような文学の展開を跡づけ、その理由を説明しようとするのが文学史である。日本文学史では、現代までを、上代・中古・中世・近世・近代と五期に区分して述べる方法が一般的に行われている（近代と現代とを分ける場合もある）。そのうち、上代から近世までが古典文学である。

日本文学史での上代は、いま述べたように明確にはしがたい文学の創始された時期から、政治の歴史でいう、大和《やまと》時代をへて、奈良時代までをさすのがふつうである。

奈良時代は和銅《わどう》三（七一〇）年平城京（奈良の都）に都を定めてから、延暦《えんりやく》三（七八四）年造営を始めた長岡京《ながおかきよう》の時期をふくめ、延暦一三年平安京に遷都《せんと》するまでをさし、天平《てんぴよう》文化の花開いた時期である。『古事記《こじき》』『日本書紀』『風土記《ふどき》』、そして漢詩集の『懐風藻《かいふうそう》』、和歌の研究書である『歌経標式《かきようひようしき》』などはこの奈良時代に生まれた。『万葉集』に収められている和歌は、伝説的なものをのぞいても、七世紀の前半頃からの作品が見いだされるが、それらの中で最も新しい歌は天平宝字《てんぴようほうじ》三（七五九）年一月大伴家持《おおともののやかもち》が詠んだ作なので、おそらくそれ以後さほどくだらない時期に編まれたのであろう。現在残っている上代の主な作品はこの程度であるが、ほかに、聖徳太子の仏教研究の著作と伝えるものもある。また、同じく太子が編んだ史書、山上憶良《やまのうえのおくら》が編んだ歌集『類聚歌林《るいじゆかりん》』など、いまに伝わらないものもある。さらに、古代伝承を記した『古語拾遺《しゆうい》』や仏教説話集『日本霊異記《りようい き》』、祝詞《のりと》・宣命《せんみよう》など、書き表わされたのは次の平安時代に入るが、内容的にはむしろ上代文学と見るべきものもある。

1 古事記《こじき》

ごく幼い子どもは毎日を楽しく遊ぶのに熱中していて、自分には両親や兄弟姉妹がおり、家庭のなかで育てられているのだというようなことを特別に考えはしないだろうが、やや成長すると、自分はどう育ってきたのだろうか、両親はどんな人で、どうしてめぐりあい、そして自分が生まれたのだろうかといった問題を考えはじめるであろう。

一つの国の場合も同じで、国が誕生してまもなくの間は、建設にいそがしくて、その成り立ちなどを書き残すゆとりはないが、国家の建設も一段落すると、それまでの国の歩みを振り返ろうという動きが出てくるのだと思われる。こうして、その国の歴史がしるされることになる。

『古事記』は、そのような要求にうながされて書かれた、日本の古い歴史をしるした書物である。この本は天武《てんむ》天皇の時代に、古い伝承を舎人《とねり》の稗田阿礼《ひえだのあれ》に暗唱させるというかたちで計画され、元明《げんめい》天皇の和銅《わどう》五（七一二）年一月、太安万侶《おおのやすまろ》がこれを漢字によって三巻

①歴史物語
②三　巻
③和銅五(七一二)年
④太安万侶
⑤新古典全集、ソフィア、BC

の書物に書き表わすことによって完成した。それは、日本の国を二つに分けるような壬申《じんしん》の乱も片づいて、さまざまな制度などを整えていこうとする時期にあたっていた。

歴史をしるした書物といったが、今日考えられている歴史そのものではなく、神話・伝説を多くふくんだ、きわめて物語的な内容のものである。まず、日本の国というより、この世界の始まりはこんな具合に語られている。

　天地《あめつち》初めて発《ひら》けし時、高天《たかま》の原《はら》に成れる神の名は、天之御中主神《あめのみなかぬしのかみ》。次に、高御産巣《たかみむす》日神《ひのかみ》。次に、神産巣日神《かみむすひのかみ》。この三柱《みはしら》の神は、みな独神《ひとりがみ》と成りまして、身を隠したまひき。

この天地創造の神話に始まり、推古《すいこ》天皇の代までのことをしるしている。上巻では、伊《い》邪那岐命《ざなぎのみこと》・伊邪那美命《いざなみのみこと》の国生み神話、天照大神《あまてらすおおみかみ》と須佐之男命《すさのおのみこと》の姉弟の神の対決、大国主《おおくにぬし》神《のかみ》や少名毘古那神《すくなひこなのかみ》の国作りの話、海幸彦《うみさちひこ》と山幸彦《やまさちひこ》の兄弟の話などの神話が語られる。中巻は神武《じんむ》天皇に始まって応神《おうじん》天皇まで、下巻は仁徳《にんとく》天皇から推古天皇にいたるが、歴史的にほぼ確かな事柄は、下巻の継体《けいたい》天皇あたりからであろう。しかし、物語としては、神武・垂仁《すいにん》・景行《けいこう》・応神・仁徳・允恭《いんぎょう》・安康《あんこう》・雄略《ゆうりゃく》などの天皇の代のこととして語られている事件に、古代人の行動の仕方やものの考え方があざやかに写しだされている。

『古事記』の英雄は、なんといっても景行天皇の皇子の倭建命《やまとたけるのみこと》である。父天皇は、朝廷に服従しない西日本や東日本の氏族たちを征討するために皇子を遣わした。東京湾を渡るときには、海神が大波を立てたので、妃《きさき》の弟橘比売命《おとたちばなひめのみこと》がみずからいけにえとして海中に身を沈めた。各地を征服したのちに、倭建命は三重の能煩野《のぼの》という所で病死する。

能煩野に到りましし時、国を思《しの》ひて歌ひたまひしく、

倭《やまと》は　国のまほろば　たたなづく　青垣《あをかき》　山隠《やまごも》れる　倭しうるはし

とうたひたまひき。また歌ひたまひしく、

命の　全《また》けむ人は　畳薦《たたみこも》　平群《へぐり》の山の　熊樫《くまかし》が葉を　髻華《うず》に挿《さ》せ　その子

とうたひたまひき。この歌は思国《くにしの》ひ歌なり。また歌ひたまひしく、

愛《は》しけやし　吾家《わぎへ》の方よ　雲居《くもゐ》立ち来《く》も

とうたひたまひき。こは片歌《かたうた》なり。この時、御病《みやまひ》いと急《には》かになりぬ。ここに御歌よみしたまひしく、

嬢子《をとめ》の　床の辺《べ》に　わが置きし　剣《つるぎ》の大刀《たち》　その大刀はや

と歌ひをふるすなはち崩《かむあが》りましき。（中巻）

大和《やまと》にいた命の后《きさき》や御子《みこ》たちはこの地に下って、命の御陵《ごりょう》を作って葬った。しかし、命の魂は八尋《やひろ》の「白智鳥《しろちとり》」（白鳥）となって、空高く飛んでいった。后や御子たちは笹《ささ》を刈った株に足を傷つけ、また海中に腰まで浸《つか》りながら、どこまでも白鳥のあとを追っていっ

た。

現在残っている『古事記』の古写本はすべて漢字で記されている。最初の序文は漢文だが、本文は当時の日本語をできるだけ忠実に写そうというねらいで、さまざまな工夫がなされている。たとえば、さきの「倭は　国のまほろば」という倭建命の歌は、

夜麻登波　久爾能麻本呂婆

というように、一字一音で、漢字がのちのかなのように用いられている。

古い日本には固有の文字がなかった。伝えるところによると、応神天皇の代、百済《くだら》の人王仁《わに》が『論語《ろんご》』や『千字文《せんじもん》』といった中国の書物をもたらし、その頃から漢字が移入されたという。もとより、日本人は固有の古い日本語を話していたが、それは当然、中国語とはまったく異なった言葉である。だから、中国の文字である漢字を用いてその日本語を文章として書き表わすことはたいへんな工夫を要することだったのであり、安万侶たちの苦心もそこにあった。

昭和五四（一九七九）年一月二〇日に奈良の茶畑の中から、偶然この安万侶の墓誌というものが発見された。彼の子孫は多氏《おおの》を名のり、現在も伝統芸能の雅楽に携《たずさ》わっている。『古事記』が書き上げられてからざっと一三〇〇年近くの時間は、切れることなく続いているのである。

2 風土記《ふどき》

時間にたいしてしばしば空間という。時間が x 軸ならば、空間はいわば y 軸にあたるだろう。この二軸の交わる点で、すべてのものごとの位置が定まる。『古事記』や『日本書紀』を撰《えら》ばせることで、日本の国のそれまでの歴史という時間を記録させた大和《やまと》朝廷が、みずから統治するこの国の各地の状態、地名や物産、その土地にまつわる伝承など、空間に関することを調査させ、記録させようとしたのは当然である。

このような目的で編纂《へんさん》された地理書、地方誌が、「風土記」である。風土記とは、本来、風土のことを記した書物という普通名詞なのである。国々の風土記を献上せよという天皇の命令は、和銅《わどう》六（七一三）年に下されている。当時の日本は五九ヵ国三島から成ると考えられていた。それらの国々の役人たちがこの中央からの指令にもとづいて進献した公文書が、諸国の風土記なのである。だから、六〇近い風土記が書かれたはずだが、現在完全な形で残っているものは、『出雲国風土記《いずものくにふどき》』だけである。あとは、『播磨国風土記《はりまのくにふどき》』『常陸《ひたち》

①地理書
②未　詳
③和銅六(七一三)年以降
④未　詳
⑤新古典全集、ソフィア

国《のくに》風土記』『豊後国《ぶんごのくに》風土記』『肥前国《ひぜんのくに》風土記』が不完全ながら伝わっている。それら以外の諸国の風土記は種々の文献に引用されて、断片的に存在するにすぎない。それらを「風土記逸文《いつぶん》」と呼んでいる。この逸文を集める仕事は、古代遺跡から土器の破片を拾い集めて土器を復原する作業にもちょっと似ている。

次の話は、『常陸国風土記』に記されている伝説である。

少年少女がいた。少年を那賀《なか》の寒田《さむた》の郎子《いらつこ》、少女を海上《うなかみ》の安是《あぜ》の嬢子《いらつめ》といった。二人ともとても美しいという評判が村里で高かった。おたがいにその評判を聞いて、会いたいと思っていたが、歌垣《うたがき》のときに偶然会うことができた。歌垣は燿歌《かがい》ともいって、おおぜいの青年男女たちが即興的な歌を掛け合いで歌い、舞い遊んで一夜を楽しく過ごす行事である。

まず、寒田の郎子が歌いかけた。

　いやぜるの　安是の小松に　木綿垂《ゆふし》でて　吾《わ》を振り見ゆも　安是小島はも

安是の嬢子はこれに応じて歌い返した。

　潮《うしほ》には　立たむと言へど　汝夫《なせ》の子が　八十島隠《やそしまがく》り　吾《わ》を見さ走《ばし》り

少年は少女に向かって、「小島のような君は、小松に垂らした木綿をぼくに向かって振っているじゃないか。ぼくに気があるのだな」と言い、少女は「あなたこそ、たくさんの島の中の小島――大勢の中に隠れているわたしを見て、走っていらっしゃるのね。わたしに関心があるのでしょう」とやり返したのである。こうしておたがいの気持ちを確かめあって、二人だけで語り合いたいと思い、少年少女はそっとにぎやかな歌垣の場を抜け出すと、松の下に隠れて、手を取りかわし、膝《ひざ》を並べて、ながいこと噂《うわさ》に聞いておたがいに慕わしく思っていた心、そしてようやく会えた喜びを語り合って、長い秋の夜が明けるのも忘れていた。鶏が鳴き出し、犬がほえ出した。少年少女はどうしようもなく、人に見つけられるのを恥ずかしく思って、松の木になってしまった。ここは童子女《うない》松原と呼ばれている。

『播磨国風土記』には、神様たちの根気くらべの話が語られている。

播磨国神前《かんざき》郡に、埴岡《はにおか》という所がある。

昔、大汝命《おおなむちのみこと》と小比古尼命《すくなひこねのみこと》が議論した。「埴《はに》（赤土）を荷なって遠くまで行くのと、屎《くそ》まらずして（大便をしないで）遠くへ行くのと、どっちが我慢できるだろうか」と。大汝命は「我《あ》は屎まらずして行かむ」と言い、小比古尼命は「我は埴の荷を持ちて行かむ」と言った。二人は歩き出したが、数日経つと、大汝命は、「もうとてもこれ以上は行けない」と言って、その場にしゃがむと、大便をした。小比古尼命も笑って、「わたしも苦しい」と言って、担っていた埴をその岡に投げ捨てた。以来この岡を埴岡とよぶ。

「風土記逸文」からも、伝説を拾うことができる。

昔、摂津国《せつつのくに》の刀我野《とがの》に鹿の夫妻がいた。牡鹿《おじか》には淡路島の野島に好きな牝鹿《めじか》がいて、牡鹿は明石《あかし》海峡を泳ぎわたっては野島に行き、仲良くしていた。この牡鹿が妻の鹿のもとで夜を過ごしたある朝、語った。「昨夜こんな夢を見た。おれの背中に雪が降り積もっているのだ。そしてまた、すすきが生えているのだ。この夢は何の前兆だろう」。妻の鹿は、夫が恋鹿のところにかようのを憎らしく思っているので、でまかせの夢占いをして、こう答えた。「背中の上に草が生えるというのは、背中に矢を射立てられることの前兆です。また、雪が降るというのは、あなたの身体が塩を塗《ぬ》られる前兆です。あなたが淡路の野島に渡ろうとすると、きっと船人に出会って、海中で射殺されるでしょう。ですから、決してもう二度といらっしゃいますな」。けれども、牡鹿は恋鹿に会いたくてたまらなくなり、またもや野島に渡ろうとすると、海中で船に出会って、とうとう射殺されてしまった。それ以来、刀我野を夢野というのである。

古代の人々にとっては、神も人も、鹿も松の木も、すべてが等しく生きていたのである。

3　万《まん》葉《よう》集《しゅう》

①和　歌
②二〇巻
③天平宝字三(七五九)年以降
④大伴家持?
⑤岩波文庫、ソフィア、BC

『万葉集』は日本最古の歌集である。巻第一を開けよう。最初の歌は、天皇が菜《な》を摘《つ》む娘に歌いかけたと伝えられる長歌である。

籠《こ》もよ　み籠持ち　掘串《ふくし》もよ　み掘串《ぶくし》持ち　この岳《をか》に　菜摘《つ》ます児《こ》　家告《の》らな　名告《の》
らさね　そらみつ　大和《やまと》の国は　おしなべて　われこそ居《を》れ　しきなべて　われこそ
座《いま》せ　われこそば　告らめ　家をも名をも

この天皇は猪《いのしし》をも踏み殺したというたけだけしい雄略《ゆうりやく》天皇と伝える。この歌に始まって大伴家持《おおとものやかもち》の作に終わる、計四五四〇首を収める二〇巻の歌集『万葉集』、これが日本の詩歌の故郷である。

『万葉集』の時代は日本の国の若かった時代である。いろいろな事件があった。その中でさまざまな歌が生まれた。

女帝の斉明《さいめい》天皇はたくさんの宮殿を造らせたり、大きな運河を掘らせたりという、大規模な土木工事を盛んに行った。そのためにその政治をそしる声もないではなかった。政治を切りまわしていたのは、天皇の皇子で皇太子であった中大兄皇子《なかのおおえのおうじ》である。そのいとこに当たる有間皇子《ありまのみこ》（孝徳《こうとく》天皇の皇子）は一九歳の青年で、聡明《そうめい》だという評判であった。しかし、中大兄皇子側から目をつけられることを恐れて、心が錯乱した有様をよそおっていた。ちょっと悲劇の王子ハムレットを思わせるところがある。この皇子に、蘇我赤兄《そがのあかえ》という重臣が謀反《むほん》をそそのかした。その陰謀に乗りかかった皇子は、うまくいくまいと考えて、これを中止したのだが、赤兄は中大兄皇子に密告した。有間皇子は捕えられ、天皇や皇太子一行が旅をしている紀伊国につれて行かれて、皇太子の尋問《じんもん》を受けたのち、青い海、緑の松の美しい藤白峠《とうげ》で殺された。

　家にあれば笥《け》に盛る飯《いひ》を草枕旅にしあれば椎《しひ》の葉に盛る（巻二）

という歌は、この死への旅で詠まれたものである。

額田王《ぬかたのおおきみ》はかつて大海人皇子《おおあまのおうじ》（のちの天武《てんむ》天皇）と愛しあって、二人の間には十市皇女《とおちのひめみこ》が生まれているが、のちに大海人皇子の兄、即位して天智《てんじ》天皇となる中大兄皇子に召されて、その宮廷に入った。天智天皇七（六六八）年五月五日、近江国《おうみのくに》の蒲生野《がもうの》で狩りが行われた。このとき額田王と当時皇太弟と呼ばれていた大海人皇子とは、次のような歌を詠み交わしている。

あかねさす紫野行き標野《しめの》行き野守は見ずや君が袖振る　（額田王）
紫草《むらさき》のにほへる妹《いも》を憎くあらば人妻ゆゑに我《あれ》恋ひめやも　（大海人皇子）（巻一）

天智天皇が六七一年一二月に崩《ほう》ずるとまもなく、その直前に出家して吉野山に籠《こも》っていた大海人皇子と、天皇の皇子である大友皇子（弘文《こうぶん》天皇）との間に、戦いが始まった。叔《お》父《じ》と甥《おい》との間の争いである。しかも、大友皇子の妃《きさき》は、大海人皇子と額田王との間に生まれた十市皇女であった。この内乱は、六七二年の干支《えと》によって、壬申《じんしん》の乱と呼ばれる。乱は大海人皇子の側の勝利に終わり、大友皇子は自殺した。天智天皇六年以来営まれた大津宮は廃都と化した。大海人皇子は大和の飛鳥《あすか》に飛鳥浄御原宮《あすかのきよみはらのみや》を築き、即位した。天武天皇である。

のちに、近江の大津宮の廃墟《はいきょ》を通った柿本人麻呂《かきのもとのひとまろ》は、まだ記憶もなまなましい内戦をふり返って、次のように歌っている。

玉襷《たまだすき》　畝火《うねび》の山の　橿原《かしはら》の　日知《ひじり》の御代《みよ》ゆ　生《あ》れましし　神のことごと　樛《つが》の木の
いやつぎつぎに　天《あめ》の下　知らしめししを　天《そら》にみつ　大和を置きて　あをによし
奈良山を越え　いかさまに　思ほしめせか　天離《あまざか》る　夷《ひな》にはあれど　石走《いはばし》る　淡海《あふみ》の
国の　楽浪《ささなみ》の　大津の宮に　天の下　知らしめしけむ　天皇《すめろき》の　神の命《みこと》の　大宮は
ことと聞けども　大殿は　ここと言へども　春草の　繁《しげ》く生《お》ひたる　霞《かすみ》立ち　春日《はるひ》の

霧《き》れる　ももしきの　大宮処《おほみやところ》　見れば悲しも

反　歌

楽浪の志賀の唐崎幸《からさきさき》くあれど大宮人の船待ちかねつ

楽浪の志賀の大わだ淀《よど》むとも昔の人にまたも逢《あ》はめやも　（巻一）

天武天皇の曽孫《ひまご》が、仏教に深く帰依《きえ》し、東大寺の大仏を造営させた聖武《しょうむ》天皇である。のちに柿本人麻呂としばしば並び称せられる山部赤人《やまべのあかひと》は、この天皇の宮廷に仕えていたらしく、行幸《ぎょうこう》のお供をして、

若《わか》の浦に潮満ち来れば潟《かた》を無《な》み葦辺《あしへ》をさして鶴《たづ》鳴き渡る　（巻六）

などのすぐれた叙景歌《じょけいか》を残している。

古くからの氏族に大伴《おおとも》氏がいる。その家に生まれた旅人《たびと》は「あをによし奈良の都」とたたえられた平城京からはるか遠く、筑紫《つくし》の大宰府《だざいふ》に帥《そち》として赴任《ふにん》した。そして、この地で愛する妻を失った。その悲しみをまぎらわせようとしてであろうか、彼は「酒を讃《ほ》めし歌十三首」という作品群を残している。

なかなかに人とあらずは酒壺《さかつほ》になりにてしかも酒に染《し》みなむ　（巻三）

旅人が筑紫にいたときの筑前守《ちくぜんのかみ》は山上憶良《やまのうえのおくら》である。

瓜食《うりは》めば　子ども思ほゆ　栗《くり》食めば　まして偲《しぬ》はゆ　いづくより　来《き》たりしものそ

眼交《まなかひ》に　もとな懸《かか》りて　安眠《やすい》し寝《な》さぬ

反　歌

銀《しろかね》も金《くがね》も玉も何せむに勝《まさ》れる宝子にしかめやも　（巻五）

という歌は子煩悩《こぼんのう》な憶良の心を吐露《とろ》したものだが、また、「貧窮問答歌《びんぐうもんだふか》」と題する長歌には、貧困という社会問題から目をそらすことなく、これを見つめる、人生詩人としての姿勢がうかがえる。

旅人の子家持《やかもち》も越中守《えつちゆうのかみ》として、任地《にんち》越中国に五年間住むという地方生活を経験した。

春の苑紅《そのくれなゐ》にほふ桃の花下照《したで》る道に出で立つをとめ　（巻一九）

という、色鮮やかな絵のような作は、この時代のものである。

そして、奈良の都に帰ったのちには、

春の野に霞たなびきうら悲《がな》しこの夕影にうぐひす鳴くも

わが屋戸《やど》のいささ群竹《むらたけ》吹く風の音のかそけきこの夕《ゆふへ》かも

うらうらに照れる春日にひばりあがり情《こころ》悲しもひとりし思へば　（巻一九）

というような、繊細《せんさい》で哀愁のただようすぐれた歌を詠んでいる。

日本は、斉明・天智天皇の時代、大陸の唐、朝鮮半島の新羅《しらぎ》と戦ったことがあった。以来、筑紫《つくし》はもとより対馬《つしま》や壱岐《いき》に防人《さきもり》と呼ばれる、多く東国から徴発《ちようはつ》された兵士たちが置かれて、防衛にあたった。兵部省《ひょうぶしょう》の役人を勤めた家持は防人やその妻たちの歌を集めている。

時々《ときどき》の花は咲けども何すれそ母とふ花の咲き出来《でこ》ずけむ

防人に行くは誰《た》が背《せ》と問ふ人を見るが羨《とも》しさ物思《も》ひもせず　（巻二〇）

家持は防人たちの歌をまとめただけではない。『万葉集』二〇巻の大部分をまとめたのも家持ではないかと考えられている。『万葉集』最後の家持の歌は、天平宝字《てんぴょうほうじ》三（七五九）年一月一日に詠《よ》まれたものである。だから、『万葉集』が完成したのはそれ以後のことになるが、その年月をはっきりと知ることはできない。

『古事記』の項でも述べたように、日本には固有の文字はなかった。平がなや片かなはまだ生まれていなかった。それだから、『万葉集』の歌も、すべて漢字で書き表わされている。これを万葉がなと呼んでいる。もちろん、『古事記』の歌謡のように、一字一音で表記したものもあるが、漢字の音や訓によって、さまざまな表記法が用いられている。「情八十一」と書いて、「心ぐく」と訓《よ》む（九九八十一だから）など、苦心の傑作も少なくない。なかには、平安時代の昔から大勢の学者が取り組んでも、いまだに定まった訓がつけられないという歌もある。『万葉集』の故郷、飛鳥《あすか》地方には、何に使われたのか今もってわからない大小の石の建造物の遺跡があちこちに散らばっているが、『万葉集』そのものにも、まだまだたくさんの謎《なぞ》が秘められているのである。

Ⅱ　中古の文学

延暦《えんりやく》一三（七九四）年、桓武《かんむ》天皇は長岡京から平安京に都遷《うつ》りした。この平安遷都以後、一二世紀末の源頼朝《よりとも》による鎌倉幕府の成立までを、平安時代と呼んでいる。平安時代はさらに律令《りつりよう》制再興期・摂関《せつかん》期・院政期などに分けられる。日本歴史の研究では上代と平安時代のうち院政期以前を古代として、文学史でいう上代は古代前期、平安時代のうち摂関期までを古代後期、院政期からは中世とするが、文学史で中古という時期を設ける場合は、院政期までも含めた平安時代に生まれた文学を対象とすることが多い。

平安初期はしばしば遣唐使《けんとうし》も派遣され、唐風文化の移入が盛んだったので、文学の世界でも漢文学が隆盛をきわめ、『凌雲集《りようううんしゆう》』『文華秀麗集《ぶんかしゆうれいしゆう》』『経国集《けいこくしゆう》』などの勅撰《ちよくせん》漢詩集が撰《えら》ばれた。上代の『日本書紀』に続いて、『続日本紀《しよくにほんぎ》』『日本後紀』『続日本後紀』『日本文徳《もんとく》天皇実録』『日本三代実録』などの国史（六国史《りつこくし》と総称する）も、中国の史書にならった漢文で書かれている。しかし、寛平《かんぴよう》六（八九四）年遣唐使が中止され、また徐々にかな文字が使われるようになるとともに、唐風文化の表面的影響から抜けだし、日本の風土に即した文学が育ってくるようになる。和歌での『古今和歌集』、日記での『土佐日記』、物語での『竹取物語』や『伊勢物語』がその例である。

摂関時代を迎えるとともに、摂関家の富と力を背景として、宮廷やその周辺に貴族文学が花開いた。その主な担い手は清少納言《せいしょうなごん》・紫式部・和泉《いずみ》式部・赤染衛門《あかぞめえもん》などの宮廷女房たちで、その作品が『蜻蛉《かげろう》日記』『枕草子』『源氏物語』『紫式部日記』『和泉式部集』『和泉式部日記』『栄花《えいが》物語』などである。『狭衣《さごろも》物語』『夜の寝覚《ねざめ》』『浜松中納《ちゅうな》言《ごん》物語』『堤《つつみ》中納言物語』『更級《さらしな》日記』などが、これに次いだ。しかし、和歌や漢詩文の集の編者は依然として男性であった。勅撰集では『古今集』以後、『後撰《ごせん》和歌集』『拾遺《しゅうい》和歌集』（これまでを三代集という）『後拾遺和歌集』が撰ばれている。『和漢朗《ろう》詠《えい》集』、漢文の名文選である『本朝文粋《ほんちょうもんずい》』なども注目される。

院政期に入ると、『讃岐典侍《さぬきのすけ》日記』などもなくはないが、文学の世界での女房たちの活躍は少なくなって、男性貴族や僧侶《そうりょ》の手になると見られる作品が目立ってくる。『大鏡』や『今昔《こんじゃく》物語集』『古本《こほん》説話集』『打聞集《うちぎきしゅう》』などはその例である。勅撰集は『金葉《きんよう》和歌集』『詞花《しか》和歌集』が撰ばれた。和歌についての研究書（歌学歌論書）は摂関時代の『新撰髄脳《ずいのう》』などに次いで、この時期に『俊頼《としより》髄脳』『袋草紙』が生まれている。また、歌謡では、古くからの神楽《かぐら》・催馬楽《さいばら》とともに、今様《いまよう》集『梁塵秘抄《りょうじんひしょう》』がこの時期にまとめられた。

4 古《こ》今和《きんわ》歌集《かしゅう》

古来もっとも有名な美しい女性といったら、誰を挙げたらよいだろうか。世界史的な視野に立って考えると、どうやらクレオパトラということになりそうだ。

「クレオパトラの鼻が曲つてゐたとすれば、世界の歴史はその為《ため》に一変してゐたかも知れないとは名高いパスカルの警句《けいく》である。」（芥川龍之介《あくたがわりゅうのすけ》『侏儒《しゅじゅ》の言葉』）

けれども、昔の日本人はクレオパトラを知らなかったから、美しい女性というと、異国では唐の楊貴妃《ようきひ》、それに本朝（わが国）では小野小町《おののこまち》を連想するのがふつうであった。どの町や村にも、何々小町と呼ばれる娘がいて、青年のあこがれの的だった。

それでは、美男の代表は誰だろうか。すこし前までの日本では、小野小町とつり合うように、それは在原業平《ありわらのなりひら》ということになっている。

小町も業平も、『古今和歌集』の歌人である。このほかにも、彼らといっしょに語られることの多い歌人たちがいる。僧正遍昭《そうじょうへんじょう》・文屋康秀《ふんやのやすひで》・喜《き》撰《せん》法師・大伴黒主《おおとものくろぬし》である。この六

①和歌
②二〇巻
③延喜五（九〇五）年
④紀友則・紀貫之・凡河内躬恒・壬生忠岑
⑤新古典大系、ソフィア、BC

人は六歌仙と呼ばれている。『古今和歌集』には、かな文と漢文とで書かれた二通りの序文があるが、その両方の序で彼ら六人の歌風を批評していることから、このように呼んで一グループの歌人たちと扱う見方が生まれたのである。

その『古今和歌集』は、仮名序《かなじょ》によれば、醍醐《だいご》天皇の延喜《えんぎ》五（九〇五）年四月一八日、紀友則《きのとものり》・紀貫之《きのつらゆき》・凡河内躬恒《おおしこうちのみつね》・壬生忠岑《みぶのただみね》の四人の撰者《せんじゃ》たちが、天皇の勅命《ちょくめい》によって撰《えら》んで献上した。すなわち、最初の勅撰和歌集である。序文には、天皇が政務のひまに、「昔のことをも忘れまい。古くなったことをも復興しよう」「今も見、後世にも伝えよう」と考えて、『万葉集』に入らぬ古歌や撰者たち自身の作をも撰進するようにと命じたのであるという。これは『万葉集』ができたのち、しばらく漢詩全盛の時代があって、和歌がはやらなくなっていたのを、万葉の昔に立ち返って和歌を盛んにしようという天皇の意向や撰者たちの意気ごみを伝えるものであろう。

仮名序は続いて、次のように記されている。

それが中に、梅をかざすより始めて、ほととぎすを聞き、紅葉を折り、雪を見るに至るまで、また、鶴亀《つるかめ》につけて君を思ひ人をも祝ひ、秋萩《あきはぎ》・夏草を見て妻を恋ひ、逢《あ》ふ坂山《さかやま》に至りて手向《たむ》けを祈り、あるは、春夏秋冬にも入らぬくさぐさの歌をなむ、撰ばせたまひける。すべて千歌《ちうた》二十巻《はたまき》、名付けて古今和歌集といふ。

このくだりは、撰者たちが全二〇巻、合計一一一一首（最もふつうに読まれている本による）の作品を、春・夏・秋・冬・賀《が》・離別・羇旅《きりよ》・物名《もののな》・恋・哀傷・雑《ぞう》・雑体《ぞうたい》・その他に分類し、ある一定の規準にしたがって整然と配列したことをものがたっているのである。右の分類（これを部立《ぶだて》と呼ぶ）のなかで、物名というのは、隠し題ともいって、題をさりげなく詠み入れる言葉遊びである。たとえば、「笹《ささ》、松、枇杷《びは》、芭蕉葉《ばせをば》」を、

いささめに時待つまにぞ日は経ぬる心ばせをば人に見えつつ　（紀乳母《きのめのと》、物名）

と詠み入れたような歌をいう。おそらく、なぞなぞに興じる心や物事をあらわに言うのを避ける傾向と無関係でないのだろうが、ともかくこの時代の人々はこのような言葉遊びをたいそう好んでいたので、二〇巻のうち、巻第十をとくに物名の歌にあてたのであった。

では、『古今和歌集』の主な歌人はどんな歌を詠んでいるだろうか。まず、小町は、

花の色はうつりにけりないたづらにわが身世にふるながめせしまに　（春歌下）

の歌が「小倉《おぐら》百人一首」にも選ばれて有名だが、

思ひつつ寝《ぬ》ればや人の見えつらむ夢と知りせば覚《さ》めざらましを　（恋歌二）

に始まる、夢を歌った三首もすぐれている。

業平の歌で、もっとも業平らしい作といったら、

月やあらぬ春や昔の春ならぬわが身ひとつはもとの身にして　（恋歌五）

という歌であろう。仮名序では彼の歌風を「その心あまりて言葉足らず」と評している。

僧正遍昭は、はじめ良岑宗貞《よしみねのむねさだ》といって、仁明《にんみよう》天皇の蔵人《くろうど》であった。

天《あま》つ風雲の通ひ路吹きとぢ《ぢ》よをとめの姿しばしとどめむ　（雑歌上）

というのはその時の詠で、「をとめ」というのは五節《ごせち》の舞姫を天女に見立てているのである。遍昭の子素性《そせい》は撰者たちに近い時代の人であるが、やはり巧みな歌を多く詠んでいる。

撰者たちのなかでは、紀友則は早くなくなったらしい。貫之は友則のいとこにあたるが、友則が没したとき、

あす知らぬわが身と思へど暮れぬまのけふは人こそかなしかりけれ　（哀傷歌）

と嘆いている。その友則がほととぎすを詠んだ歌に、

さみだれに物思ひをればほととぎす夜深く鳴きていづちゆくらむ　（夏歌）

というのがある。「寛平御時后宮歌合《かんぴようのおおんときさいのみやのうたあわせ》」という歌合での作である。歌合とは、左右に分かれた歌人の作を合わせてその優劣をきそう文学的な遊戯で、平安時代、業平の兄中《ちゆ》納言行平《うなごんゆきひら》の頃から行われるようになり、宮廷やその周辺でたいそう流行したものであった。この文学遊戯が和歌に及ぼした影響は著しいものがある。

貫之の作はもっとも多く、一〇〇首をこえるが、それらのなかで、

むすぶ手のしづくににごる山の井のあかでも人に別れぬるかな　（離別歌）

が昔から名歌とされる。志賀の山越えで知り合った女性に贈った歌である。
貫之と並び称された歌人が躬恒である。「百人一首」に選ばれた歌は、
心あてに折らばや折らむ初霜のおきまどはせる白菊の花　（秋歌下）
という秋の歌、撰者の一人忠岑の「百人一首」の作は、
有明《ありあけ》のつれなく見えし別れよりあかつきばかり憂《う》きものはなし　（恋歌三）
という恋の歌である。昔の恋人たちは夜会って、暁には別れるのがつねであった。
『古今和歌集』には「読人しらず」、つまり作者未詳の歌が少なからず収められている。
これらの歌には、六歌仙時代以前の作も多くふくまれているかと想像される。
世の中は何か常《つね》なるあすか川きのふの淵《ふち》ぞけふは瀬になる　（雑歌下）
み吉野の山のあなたに宿もがな世の憂き時のかくれがにせむ　（同）
などと、世の中の無常なことや人の世に住む憂さつらさを嘆いた歌は心にしみる。
明治三一（一八九八）年に正岡子規《まさおかしき》は「歌よみに与ふる書」という書簡体の評論で、「貫之は下手《へた》な歌よみにて『古今集』はくだらぬ集に有之候《これあり》」と言い切り、さきの躬恒の「心あてに」の歌についても、「一文《もん》半文のねうちも無之《これなき》駄歌に御座候。この歌は嘘《うそ》の趣向なり、初霜が置いた位で白菊が見えなくなる気遣無之候《きづかひこれなく》」と酷評した。古今調といわれる歌風が支配的であった当時、写実精神を力説するためには、『万葉集』やその影響を受け

ている歌人たちをたたえ、それらと対照的な傾向にある『古今和歌集』をおとしめることは、子規にとって当然の戦術だったのであろうが、しかし、貫之はへたな歌よみでもなければ、『古今集』はくだらぬ集でもない。貫之ら、この集の歌人たちは、縁語や掛詞《かけことば》、言葉遊びなどをもふくめて、大和《やまと》言葉のもつさまざまな働きを開発しようとつとめたのであって、それはまた、すでに『万葉集』でも試みられていたことの発展とも言えるのであった。『万葉集』と『古今和歌集』とを、対照的、対立的にばかりとらえようとするのは、正しい理解の仕方ではないであろう。『万葉集』での、相聞《そうもん》・挽歌《ばんか》・雑歌《ぞうか》という大まかな歌の分類が、『古今集』で細かく分けられてくるということだけでも、それは単に形式上のことにとどまらず、人々のものの考え方、感じ方がこまやかになってきていることをものがたっているのである。

5　土佐日記《とさにっき》

①日記文学
②一　巻
③承平五(九三五)年以降
④紀貫之
⑤新古典大系、ソフィア、BC

奈良時代から平安時代のはじめ頃まで、おそらく文章の類《たぐい》を書く女性は非常に少なかったであろう。当時は文字といえば漢字だけで、人々はそれによって漢文を書くか、または漢字の音訓を借りて綴《つづ》る、いわゆる万葉がなを用いる以外にすべはなかったが、女性は一般に男性にくらべて漢字を学ぶ機会もとぼしかったと想像されるのである。

けれども、多くの人々の知恵で、漢字の草体から平がなが考え出され、また、漢字の一部(場合によっては全体)を用いて片かなが考案されると、日本人が自分の感じたまま、思ったままを書き表わすことはたいそうたやすくなった。ことに女性にとって、曲線が多く、優にやさしい感じの平がなは女文字として愛用され、それにたいして漢字は男文字と呼ばれた。片かなは主として僧侶《そうりょ》や漢文学を学ぶ男性などの間で用いられたようである。

こうして、女のための文字が生まれた。女性が手紙を書いたり、歌をしたためたりする際に不自由なことはなくなった。それでも、女性が個人的な日記をつけるということはあまりなかったのであろう。紀貫之《きのつらゆき》の『土佐日記』(「土左日記」とも)は、土佐守《とさのかみ》であった貫之が任期をおえて帰京する旅路のことを綴った旅日記だが、そこで男性である著者は素顔を隠し、女性をよそおってこれを書いている。その冒頭は次のようなものである。

男もすなる日記《にき》といふものを、女もしてみむとてするなり。それの年の師走《しはす》の二十日《はつか》あまり一日《ひとひ》の日の戌《いぬ》の時に門出《かどで》す。そのよし、いささかに物に書きつく。

「男性が書くという日記とかいうものを、女性である自分も書きつけてみようと思って書くのである」というのだが、ほんとうは男である貫之が書いているのだから、ややこしい。彼はどうしてそんな偽装《ぎそう》をあえてしているのだろうか。

やはり、最初に述べたように、平がなが女文字として定着しつつあったことが関係しているだろう。男性ならば漢字を用いて漢文で書くのが当然であると考えられていた時代である。そのようなとき、男性貴族である貫之が平がなによる和文を綴ることはためらわれたのであろう。では、漢文で書けばよいではないか。貫之には短いものだが『新撰和歌』(『古今和歌集』の秀歌選ふうの集)の序文のような漢文もあり、漢文が書けなかったとは考えられない。けれども、おそらく彼は、こまやかな心の動きまでを書き表わすためには、漢文よりは和文のほうが適していることを知っていたのであろう。漢文はなんといっても、もともと外国の文体なのである。しかも書きたいことは、前国守《こくしゅ》としての公的な事柄などではなく、きわめて私的な事柄なのである。彼は土佐国に在任中、幼い娘をなくした。

かくあるうちに、京にて生まれたりし女児《をんなご》、国にてにはかにうせにしかば、この頃の出で立ち急ぎを見れど、何事も言はず。京へ帰るに、女児のなきのみぞ悲しび恋ふる。ある人々もえ堪へず。この間に、ある人の書きて出《いだ》せる歌、

都へと思ふをもののかなしきは帰らぬ人のあればなりけり

そのような個人的な悲しみもふくめて、私的な立場で旅日記を綴るためには、筆者は帰京する前土佐守紀貫之一行中の一女性であるという隠れ蓑《みの》が、都合よかったのであろう。

貫之が任期をおえて土佐を出発したのは、承平《じようへい》四（九三四）年一二月のことである。この頃、瀬戸内海には海賊《かいぞく》が出没して、往《ゆ》き来《き》する船舶をおびやかしていた。

（承平五年一月）二六日。まことにやあらむ、海賊追ふと言へば、夜中ばかりより船を出して漕《こ》ぎ来る路に、手向《たむけ》する所あり。

危険も多い、長い船旅をおえて、貫之がなつかしい京のわが家にたどりついたのは、承平五年二月一六日のことだった。隣人に留守を頼んでおいた家は、ひどく荒れていた。

さて、池めいてくぼまり、水つける所あり。ほとりに松もありき。五年六年《いつとせむとせ》のうちに千歳《ちとせ》や過ぎにけむ、かたへはなくなりにけり。今生ひたるぞ混れる。大方の皆荒れにたれば、「あはれ」とぞ人々言ふ。思ひ出でぬことなく、思ひ恋しきがうちに、こ

の家にて生まれし女児のもろともに帰らねば、いかがは悲しき。船人も皆、子たかりてののしる。かかるうちに、なほ悲しきに堪へずして、ひそかに心知れる人といへりける歌、

生まれしも帰らぬものをわが宿に小松のあるを見るがかなしさ

とぞ言へる。なほあかずやあらむ、またかくなむ。

見し人の松の千歳に見ましかば遠くかなしき別れせましや

忘れがたく、くちをしきこと多かれど、え尽くさず。とまれかうまれ、とく破《や》りてむ。

『古今和歌集』の撰者《せんじゃ》であり、代表的歌人でもある紀貫之は、どことなくとりすましている感じがする。しかし、『土佐日記』の作者は女性をよそおいながら、平凡な子煩悩《こぼんのう》な父親の姿をのぞかせている。

6　竹取物語《たけとりものがたり》

①物　語
②一　巻
③一〇世紀頃？
④未　詳
⑤新古典大系、ソフィア、BC

『竹取物語』はかぐや姫の物語である。

今は昔、竹取の翁《おきな》といふ者ありけり。野山にまじりて竹を取りつつ、よろづのことに使ひけり。名をばさかきの造《みやつこ》となむいひける。その竹の中に、もと光る竹なむ一筋ありける。あやしがりて寄りて見るに、筒の中光りたり。それを見れば、三寸ばかりなる人、いとうつくしうてゐたり。翁言ふやう、「わが朝ごと夕ごとに見る竹の中におはするにて知りぬ。子になりたまふべき人なめり」とて、手にうち入れて家へ持ちて来ぬ。妻《め》の女《おうな》にあづけて養はす。うつくしきこと限りなし。いと幼ければ、籠《こ》に入れて養ふ。

美しく成人したかぐや姫を妻にしようと、多くの男性が通ってくる。中でも熱心だったのは、五人の貴公子である。姫は五人のそれぞれに、わたしのほしい品物をもってきてくれたお方と結婚しますと言う。石作《いしつくり》の皇子《みこ》には、仏の御石の鉢。くらもちの皇子には、蓬《ほう》萊《らい》の山にあるという、銀を根、金を茎、白玉を実とする木の枝。右大臣阿倍《あべ》のみむらじには、唐土《もろこし》産の火鼠《ひねずみ》の皮衣《かわぎぬ》。大納言《だいなごん》大伴《おおとも》の御行《みゆき》には、竜の頸《くび》にある五色に光る玉。中納言石上《いそのかみ》の麻呂足《まろたり》には、燕《つばめ》がもっている子安貝《こやすがい》。この難しい注文に、あるいはごまかしで、あるいはあくまでも誠実に応じようとする、五人それぞれの対応の仕方が、おもしろおかしく語られる。しかし、ずるい皇子や愚かな大臣はもとより、誠実な態度で宝物を探そうとした中納言も失敗してしまう。この貴公子の求婚は、難題婿《なんだいむこ》と呼ばれる昔話の型に沿っているのだが、このように善良で誠意ある者も成功しないところが、昔話とは異なったこの物語の特色である。

ついに帝《みかど》が宮中に召そうとするけれども、それもかなわなかった。かぐや姫は地上の男性とは結婚できないのである。それは天上界の女性だからである。かぐや姫は竹取の翁夫妻に泣く泣くそのことを打ち明けて、迎えの天人を撃退させるために帝から遣わされた軍兵たちもなすすべを知らぬまま、八月十五夜の満月がかがやく天空に、大勢の天人たちとともに、昇ってゆく。そのときにはすでに、悲しみや嘆き、翁夫妻へのいとおしみといったような人間の感情はすっかり消えてしまっている。

立て籠《こ》めたるところの戸、すなはち、ただ開《あ》きに開きぬ。格子《かうし》どもも、人はなくして開きぬ。女（竹取の妻）抱きてゐたるかぐや姫、外《と》に出でぬ。え止《とど》むまじければ、たださし仰ぎて泣きをり。竹取心惑《まど》ひて泣き伏せる所に寄りて、かぐや姫言ふ、「ここにも、心にもあらでかくまかるに、昇らむをだに見送りたまへ」と言へども、「何しに、悲しきに見送りたてまつらむ。われをいかにせよとて、捨てては昇りたまふぞ。具《ぐ》してゐておはせね」と泣きて伏せれば、心惑ひぬ。（中略）

今はとて天《あま》の羽衣《はごろも》着るをりぞ君をあはれと思ひ出でける

とて、壺《つぼ》の薬そへて、頭中将《とうのちゅうじゃう》呼び寄せて、たてまつらす。中将に天人取りて伝ふ。中将取りつれば、ふと天の羽衣うち着せたてまつりつれば、翁を「いとほしく、かなし」とおぼしつることも失《う》せぬ。この衣着つる人は、物思ひなくなりにければ、車に乗りて、百人ばかり天人具して、昇りぬ。

帝は最も天に近い山だという駿河国《するがのくに》の高い山に勅使《ちょくし》「調《つき》の石笠《いはかさ》」を登らせて、かぐや姫が贈物として置いていった不死の薬を焼かせた。

そのよしうけたまはりて、兵士《つはもの》どもあまた具して山へ登りけるよりなむ、その山を「富士《ふじ》の山」とは名付けける。その煙《けぶり》、いまだ雲の中へ立ち上《のぼ》るとぞ言ひ伝へたる。

『源氏物語』の「絵合《えあわせ》」の巻に、「物語の出で来はじめの親なる竹取の翁」という言い方が見いだされる。また、同じ物語の「蓬生《よもぎう》」の巻では、古めかしいお姫様である末摘花《すえつむはな》が「かぐや姫の物語の絵に描《か》きたる」を見ては心を慰めている。それらのことからも、『竹取物語』が平安時代の物語のなかでも最古の物語に属することは疑いないであろう。

作者が誰であるかはわからないが、男性ではないかという想像が有力とされている。女性では使いそうもない漢文訓読語といわれる言葉がそうとう見いだされるからである。

竹の中から人が生まれるという着想は、仏典《ぶってん》や『後漢書《ごかんじょ》』などの中国の書物にも見いだされる。また、中国の民話にも『竹取物語』によく似た、竹姫という話が伝えられているという。さらに、竹取の翁という人物が九人の仙女と歌を詠みかわしたと、『万葉集』には見える。『日本霊異記《りょういき》』には、仙術《せんじゅつ》を得て昇天した女性の話も語られている。天人の昇天といえば、『風土記《ふどき》』に伝える何種類かの羽衣伝説が、まず思い出される。つまり、『竹取物語』の素材は種々の書物や伝承に求められそうである。けれども、そのような伝承では、美しいものにあこがれる人の心、愛する者に別れる悲しみを十分に表現してはいない。ユーモアをまじえ、人間のずるさやいやらしさをも見のがすことなく、しかもそのような最も人間らしい感情を表現しえているところに、この物語のすばらしさがあるのである。

7　伊勢《いせ》物語

①物　語
②一　巻
③一〇——一一世紀頃
④未　詳
⑤新古典大系、ソフィア、BC

大和国《やまとのくに》（今の奈良県）の話である。幼い頃から井戸のまわりで遊びなれて育った男の子と女の子がいた。成長するにつれて、おたがいに相手を異性として意識するようになり、恥ずかしがって以前のように遊ぶことはしなくなったが、男は「この人を妻としよう」と心に決めていた。また、女も「この人を夫としたい」とひそかに思っていて、親が他の結婚の話を持ってきても、耳を傾けなかった。そのうち、男のほうから歌を送ってきた。

筒井つの井筒にかけしまろがたけ過ぎにけらしな妹《いも》見ざるまに

「妹」というのは、この場合、男から親しい女性に向かっていう言い方で、「井戸の井筒の高さとせいくらべしたぼくの背丈は、井筒を越してしまったよ、君を見ないうちに」というのが一首の大体の意味である。

女はこれにたいして、

くらべこし振分髪《ふりわけがみ》も肩過ぎぬ君ならずしてたれか上ぐべき

と返歌した。「二人で長さをくらべあってきた髪も、肩を過ぎるまで長く伸びました。あなた以外のだれのために髪上げをしましょうか。わたしはあなたを夫と心に決めているのです」という返事である。そして、とうとう二人は思い通り結婚した。

　ところが、何年かたつうちに、女のほうの親がなくなり、その家が貧乏になってくると、男は隣の河内国《かわちのくに》（今の大阪府）高安《たかやす》の里に新たに恋人を作って通うようになった。けれども、妻はそれを不愉快だと思う様子もなく、夫を送り出すので、夫は自分のことを棚に上げておいて、「もしかして、妻にはこのわたし以外に好きな男がいるからなのだろうか」と疑って、河内へいったふりをして、じつは植込みの中に隠れていて、様子をうかがっていると、妻はお化粧をして、じっと見つめながら、

　　風吹けば沖つ白浪たつた山よはには君がひとり越ゆらむ

と歌を詠んだ。男はひどくいとしく思って、河内の恋人への足が遠のいてしまった。

　それでも、たまに高安の里にいってみると、新しい恋人も初めのうちは上品ぶっていたのだが、この頃はすっかり遠慮がなくなって、人にお給仕もさせず、自身でご飯しゃもじを取って、ご飯をよそっている。大和の男はそれを見ていやけがさして、とうとう高安に行かなくなってしまった。それで、河内の女は大和の方角を見て、

　　君があたり見つつを居《を》らむ生《い》駒山《こまやま》雲な隠《かく》しそ雨は降るとも

と嘆いたが、大和の男は、行くと言いながら、いつもすっぽかしていたということである。

この話を聞いて、どんなふうに感じられるだろうか。もとの妻がいかにもやさしい心根の持ち主であることに感動する人は、たぶん少なくないだろう。女性の中には、夫があまりに身勝手すぎると憤慨する人もいるにちがいない。「自分でご飯をよそうのがどうしていけないの」と、河内の女に同情する人もきっといるであろう。人によって、いろいろな感想や意見が出そうなこの話は、『伊勢物語』のうちの一話である（二三段）。

この話でも知られるように、話の展開には和歌が重要な働きをする。なかには、ほとんど話らしい話もなくて、ただ和歌が詠まれた事情・状況を説明しているだけの章段もある。


むかし、男、あづまへ行きけるに、友だちどもに、道より言ひおこせける。

忘るなよほどは雲居《くもゐ》になりぬとも空ゆく月のめぐり逢《あ》ふまで（一一段）

などは、その一例である。このように、和歌が話の核となっている物語を、歌物語という。『伊勢物語』は全部で一二五（本によってはもっと多い）の、どれも比較的短い話が集まってできている、歌物語の代表的作品である。

一二五の章段は、それぞれ独立した話ではあるが、その大部分は、「むかし、男」と書き出されている。その「男」というのがいわば『伊勢物語』全体の主人公と言えなくもない。第一段ではその「男」が元服《げんぷく》して奈良の春日《かすが》の里に行き、そこに住む美しい姉妹に歌

を送ったことが語られる。そして、最後の段は、

むかし、男、わづらひて、心地《ここち》死ぬべくおぼえければ、

つひに行く道とはかねて聞きしかどきのふけふとは思はざりしを（一二五段）

というのである。その間に「男」の恋や東国への旅などが語られている。それらの話で核となっている歌には、『古今《こきん》和歌集』などに在原業平《ありわらのなりひら》の和歌として載《の》っているものが少なくない。つまり、『伊勢物語』全体の主人公とも言うべき「男」は、六歌仙の一人、在原業平のような人物なのである。

『伊勢物語』の作者がだれかはわからない。「伊勢物語」という書名の由来もはっきりしない。『古今和歌集』などにもその歌がとられた、伊勢と呼ばれる女性の歌人、『古今和歌集』撰者《せんじゃ》の紀貫之《きのつらゆき》、あるいは在原業平などを作者と見なす説があるが、どれも決定的な証拠はない。伊勢作という説は、書名の由来を説くうえには都合がよいようだが、書名は伊勢の国にもとづくのだという考えや、「えせ物語」の意味だという見方もあって、これまた一定しない。作者が決まらないので、できた時代もはっきりしないが、おそらく全体が一気に書かれたものではなく、何度かにわたって書きたし（増補）が行われ、今日のような形になったのであろうと考えられている。おそらく一〇世紀のはじめ、『古今和歌集』の成立後、最初の『伊勢物語』が書かれ、その後ほぼ一世紀くらいの間に今のような形に

成長したのであろう。

ふつう、「東下り《あずまくだり》」と呼ばれている章段のはじめのほうを読んでみよう。

むかし、男ありけり。その男、身をえうなきものに思ひなして、京にはあらじ、あづまの方に住むべき国求めにとて行きけり。もとより友とする人ひとりふたりしていきけり。道知れる人もなくて、まどひいきけり。三河《みかは》の国八橋《やつはし》といふ所に至りぬ。そこを八橋といひけるは、水ゆく川の蜘蛛手《くもで》なれば、橋を八つ渡せるによりてなむ、八橋といひける。その沢のほとりの木の陰に下《お》りゐて、乾飯《かれいひ》食ひけり。その沢にかきつばたいとおもしろく咲きたり。それを見て、ある人のいはく、「かきつばたといふ五《いつ》文字を句の上《かみ》にすゑて、旅の心をよめ」といひければ、よめる。

から衣きつつなれにしつましあればはるばるきぬるたびをしぞ思ふ

とよめりければ、皆人、乾飯のうへに涙おとしてほとびにけり。（九段）

この、「から衣」という歌は、『古今和歌集』の羇旅歌《きりよ》（旅の歌）の部に「在原業平朝臣《あそん》」の作として収められているものである。五つの句のそれぞれの頭の字を拾うと、「かきつはた」となり、なるほど、あやめに似た美しい紫の花、杜若《かきつばた》が詠み入れてある。こういう言葉遊びを折句《おりく》という。この歌の『古今和歌集』での詞書《ことばがき》は次のようなものである。

あづまの方へ、友とする人ひとりふたりいざなひていきけり。三河の国八橋といふ所にいたれりけるに、その川のほとりに、かきつばたいとおもしろく咲けりけるを見て、木の陰に下りゐて、かきつばたといふ五文字を句のかしらにすゑて、旅の心をよまむとてよめる

『伊勢物語』の文章が『古今和歌集』の詞書によく似ていること、よく似てはいるけれども、『伊勢物語』のほうがくわしく、その描写によって、人物たちの行動、表情から心の動きまでがいきいきと写し出されていることがわかるであろう。

8 大和《やまと》物語

①物　語
②一　巻
③一〇—一一世紀頃
④未　詳
⑤新古典全集

『伊勢物語』ののちにも、歌物語が生まれている。それらの中でよく知られているのは『大和物語』である。この物語も、作者や書名の由来がはっきりしない。『伊勢物語』どう よう、種々の人物が作者として挙げられ、書名についても、中国を意味する唐《から》にたいする日本の意味での大和とする説、伊勢の国にたいする大和の国とみる説など、いくつかあるが、やはりどれも決定的とは言えない。成立したのは『伊勢物語』ののち、一〇世紀なかばころから一一世紀の初めごろにかけてかと考えられている。全部で一七三の章段から成っている。この物語もおそらく何度かにわたって書きたされ、今日見るような形となったのであろう。

『大和物語』には、『伊勢物語』の「男」に相当するような、主人公格の人物は見いだしがたい。一人の人物の話がいくつか続くと、次に別の話題の主が登場してくるというかたちで、『伊勢物語』のような、「男」の一代記的な構成は取られていない。

大部分は宮廷やその周辺で男性貴族や女房たちが詠んだ歌を中心とする歌物語であるが、なかには宮廷とはかかわりのない地方の人々の物語もある。二人の男に熱心に求愛された娘が、ついに川に身を投げて死ぬ生田川《いくたがわ》の話も、その一例である。

津《つ》の国に住む一人の娘を、同じ国の男と、和泉国《いずみのくに》の男とが、熱烈に愛して、結婚を申し込んでいた。二人の男は年かっこうも、顔も、身分も、ほとんど同じくらいだった。娘も、娘の親も決めかねて、当惑していた。ついに娘の親が、「この川に浮きて侍《はべ》る水鳥を射たまへ。それを射当てたまへらむ人に（娘を）たてまつらむ」と提案をした。

二人の男は「いとよきことなり」と言って、生田川の川面《かわも》に浮かぶ水鳥を射る。一人の矢は水鳥の頭に立った。もう一人の男の矢は尾を射た。娘は、

住みわびぬわが身投げてむ津の国の生田の川は名のみなりけり

という歌を詠んで、川にずぶりと身を沈めてしまう。すると、二人の男も娘のあとを追って同じ所に沈んだ。なきがらを引き上げてみると、一人の男は娘の足をつかまえ、もう一人は手を握って、死んでいた。人々は娘の墓をまん中に、左右に二人の男の墓を築いたという。

この悲劇は摂津国《せっつのくに》のこととして語られているが、『大和物語』では、さらにこの悲劇が絵に描かれて、宮廷で女房たちが歌を詠んだこと、旅人が墓の近くに宿ると、旅人の太刀《たち》

を借りて戦う二人の男の姿が夢まぼろしに見えたという後日物語などを語っている(一四七段)。

愛しあっていながら貧しい暮らしのために、話し合いの末に別れた男女のうち、女のほうは別の男に愛されて豊かになる、一方、男はいよいよおちぶれて、蘆刈《あしか》りとなってしまう。そして何年かたったのちにこの二人がめぐり会って、男は恥ずかしさのあまり女から姿を隠して、

君なくてあしかりけりと思ふにもいとど難波《なには》の浦ぞ住みうき

と詠み送り、女は衣服に添えて、

あしからじとてこそ人の別れけめなにか難波の浦も住みうき

という歌を返したという、「蘆刈《あしかり》」の哀話も語られる(一四八段)。

妻にやかましく言われて、育ての親ともいうべき伯母《おば》をいったんは山の中に捨ててきたけれども、その山の上に出た月を見ているうちにひどく悲しくなって、ふたたび連れ帰ったという男の話もある。

高き山の麓《ふもと》に住みければ、その山にはるばると入りて、高き山の峰の、下り来《く》べくもあらぬに置きて逃げてきぬ。「やや」と言へど、いらへもせで逃げて、家に来て思ひをるに、言ひ腹立てけるをりは、腹立ちてかくしつれど、年ごろ親のごと養ひつつ

あひ添ひにければ、いと悲しくおぼえけり。この山の上《かみ》より、月もいとかぎりなく明《あか》くて出でたるをながめて、夜《よ》一夜《ひとよ》寝られず、悲しくおぼえければ、かくよみたりける、

わが心なぐさめかねつ更級《さらしな》や姨捨山《をばすてやま》に照る月を見て

とよみて、またいきて迎へもて来にける、それよりのちなむ、姨捨山といひける。なぐさめがたしとは、これがよしになむありける。（一五六段）

『伊勢物語』の項で紹介した、大和と河内《かわち》の二人妻の話は、この物語にも語られている。大筋には変わりないが、大和の女の心の苦しみを、胸に当てた金椀《かなまり》の水が湯となったというふうに語っている（一四九段）。

このように、『伊勢物語』にくらべて、歌よりもむしろ物語の展開や人物の心理描写などに重きをおいたような話がいくつか見いだされるのが、『大和物語』の特徴である。

9 落窪《おちくぼ》物語

①物　語
②四　巻
③一一世紀初め頃まで
④未　詳
⑤新古典大系、ソフィア

継母にしかられながら朝から晩まで働かされていたシンデレラは、魔法使いのおばあさんの助けによって、鼠《ねずみ》の化けた馬が引くかぼちゃの馬車に乗って、お城の舞踏会に行き、ついに王子様にめぐり会えた。『落窪物語』は、いわば日本の平安時代のシンデレラ物語である。けれども、この物語には魔法使いは登場しない。落窪の女君《おんなぎみ》を助けるのは忠実な侍女《じじょ》のあこぎである。女君は車に乗って舞踏会に出かけることもない。落ちくぼまった部屋でじっと縫《ぬ》い物《もの》をしているだけである。そして、王子様ならぬ貴公子の少将がそこにかよってきて女君を愛し、彼女を救い出して、ともに幸せな生活を送るようになるのである。

物語は、昔物語の型通り、「今は昔」と語り出される。

今は昔、中納言《ちうなごん》なる人の、女《むすめ》あまた持たまへる、おはしき。大君《おほいぎみ》（長女）・中の君（次女）には婿《むこ》取りして、西の対《たい》・東《ひんがし》の対に、花々として住ませたてまつりたまふに、三、四の君、裳《も》着せたてまつりたまはむとて、かしづきそしたまふ。また、時々通《かよ》ひたまひけるわかうどほり腹の君とて、母もなき御女おはす。北《きた》の方《かた》、心やいかがおはしけむ、つかうまつる御達《ごたち》（女房たち）の数にだにおぼさず、寝殿の放出《はなちいで》の、また一《ひと》間《ま》なる落窪なる所の、二間なるになむ住ませたまひける。君達《きんだち》とも言はず、御方とはまして言はせたまふべくもあらず。名を付けむとすれば、さすがにおとど（父中納言）のおぼす心あるべしと包みたまひて、「落窪の君と言へ」とのたまへば、人々もさ言ふ。（巻一）

この家で落窪の君の味方は、女君の母が生きていたときから仕えていた女《め》の童《わらわ》のあこぎ一人だったが、継母はそのあこぎまでも自分の三番目の姫（三の君）の侍女として、あこぎが暇をぬすんでは落窪の女君を見舞うことを口やかましくしかった。そして、女君には寝る暇もないほど二人の姫の婿たちの衣服を縫わせるのだった。

三の君は蔵人《くろうど》の少将と結婚した。落窪の女君の仕事はいっそう多くなった。この少将の家来の帯刀《たちはき》があこぎと愛しあう仲となる。あこぎは帯刀に女君の悲しい境遇を語って、「あんなにお心も優しく、おきれいなお姫様が、このままではもったいない。すてきな人がこっそり連れ出してくださったらいいのに」という。その帯刀の乳兄弟《ちきようだい》に、左大将《さだいしよう》の息子右近《うこん》の少将という貴公子がいた。まだ独り身である。帯刀から落窪の女君のことを聞いて、たいそう心惹《ひ》かれ、ついに女君のもとに通ってくる。

北の方は虐待していた落窪の君に通ってくる貴公子がいることを知った。そこで、女君を物置小屋に閉じ込めて、叔父《おじ》にあたる典薬助《てんやくのすけ》という好色の老人にあたえようとする。右近の少将と帯刀・あこぎは、北の方が姫たちと賀茂《かも》の臨時祭の行列を見物に出かけて留守の間に、この小屋を壊して女君を救い出し、少将の二条の屋敷に迎えた。

このあと、少将は女君がとめるのも聞かず、北の方をはじめとする中納言一家の人々に、徹底的に仕返しをする。中納言や北の方は、落窪の君が右近の少将と結婚したとは夢にも思っていないので、どうしてこんなひどい目にあわされるのかわからない。

たとえば、祭の行列を見物に出かけると、牛車《ぎっしゃ》は少将の家来たちに乱暴されて壊され、少将その人を四の君の婿に取ろうとすると、花婿は似ても似つかない、愚かしい若者であったり、落窪の君のなき母の遺産だった邸宅を修理して引っ越そうとすると、少将に乗っ取られたりという有様である。

さんざんな目にあわせておいたすえ、今は衛門督《えもんのかみ》と呼ばれているかつての右近の少将は、落窪の女君に、老いた父中納言と親子の名乗りをする機会を作った。はじめて事情を知った中納言は、後悔のうちにも娘の幸福を喜び、孫のかわいさに涙を流した。そして、この婿の推薦で、大納言にしてもらって、安らかに死んだ。落窪の君の夫であるかつての右近の少将は左大臣となった。女君と腹違いの兄弟姉妹も、左大臣のおかげでみな富み栄えた。

女君は立派な作法で今は老い衰えた継母の北の方を尼にしてやった。北の方は、「世にあらむ人、継子憎むな。継子なむ嬉《うれ》しきものはありける」と感激したが、腹立たしいときは、「魚《いを》のほしきに、われを尼になしたまへる。産まぬ子はかく腹ぎたなかりけり」と文句を言った。昔のあこぎは典侍《ないしのすけ》（内侍所の次官）になるであろうという。

『枕草子』にはこの物語の主人公を「落窪の少将」と呼んでいる箇所がある。すると、一一世紀の初めにはかなり広く読まれていたのであろう。作者はよくわからないが、女性の書きそうもない、汚らしいことも平気で書いているところから、男性の手に成ったものかと考えられる。落窪の少将は、この時代の貴族としてはじつにめずらしいことに、落窪の女君一人を愛して、親の勧める有力者の娘たちとの結婚話には耳もかさなかったが、そういう主人公を作り出した作者も、当時まれな〝正義の味方〟だったのかもしれない。

『落窪物語』では魔法は行われない。そこでは貴族の日常生活の裏表が、少々こっけいな筆致で描き出される。『源氏物語』などとはちがった面白さがそこにはある。

10 うつほ物語

①物語
②二〇巻
③一一世紀初め頃まで
④未　詳
⑤新古典全集、BC

樹齢何千年というような古く大きな木の幹には、しばしば大きな空洞ができている。そのような空洞を昔は「うつほ」(発音はウッオ)と言った。『うつほ物語』は山中の大きな杉の木のうつほに母を住まわせて親孝行をした仲忠《なかただ》が成長して貴公子となり、祖父から母へ、そして母から自身へと伝えられた琴《こと》を弾く至芸をさらにわが娘へと伝授するという、音楽伝統の尊さをたたえた物語である。この大筋に、美しい姫をめぐる大勢の貴族たちの求婚競争や、源氏と藤原氏の政権争いなどの話がからみ、多数の人物が登場して、年代は四世代にわたり、筋はいろいろと入り組んで、全部で二〇巻もの長い物語となっている。『枕草子』や『源氏物語』にその名が見えるから、一一世紀の初めにはすでにできあがっていたことになる。作者はわからないが、おそらく男性であろうと思われる。

この長編の物語は、清原俊蔭《きよはらのとしかげ》という人の登場をもって始まる。俊蔭は早くから漢才《からざえ》に秀で、一六歳のときに遣唐使《けんとうし》に選ばれ、父母との別れを惜しんで出帆《しゅっぱん》したが、途中、暴風に遭《あ》って、波斯国《はしこく》に漂着した。そして、阿修羅《あしゅら》から琴をあたえられ、仙人から秘曲を伝授された。帰朝してしばらくは朝廷に仕えたが、のちには辞して、たった一人の娘に秘曲を伝授し、波斯国からもたらしたこの琴を大切にせよと遺言して死んだ。

みるみる荒れはてていく家にさびしく住んでいる娘は、秋の一夜、ときの太政大臣《だいじょう》の四男にあたる若子君（のちの藤原兼雅《かねまさ》）と会って、懐妊《かいにん》し、玉のように光り輝く男の子を生んだ。この子が仲忠である。しかし、若子君は一夜家に帰らなかったために、彼をこの上なく愛していた両親に厳しく見張られて、そののちあのあばら屋に住む美しい娘を訪れる機会はなかった。さて、この男の子は幼いときからたいそう親孝行で、山中に見つけた杉の大木のうつほに母を住まわせ、木の実を拾い集めて母を養った。そして、母は子に秘曲を授けた。この子は天人の生まれかわりなので、母以上に巧みに琴を弾く技を習い覚えた。

人気《ひとけ》もせず、けだもの、熊《くま》・狼《おほかみ》ならぬは見え来《こ》ぬ山にて、かうめでたきわざ（琴を弾くこと）をするに、たまたま聞きつくるけだもの、ただこのあたりに集まりて、あはれびの心をなして、草木もなびく中に、尾ひとつ越えて、いかめしき牝猿《めざる》、子供多く引き連れて聞く。この物の音《ね》を聞きめでて、大きなるうつほをまた領《らう》じて、年を経《へ》て、山に出で来る物取り集めて、棲《す》みける猿なりけり。この物の音にめでて、時々の木《こ》の実を、子供もわれも引き連れて、持て来《く》。かくしつつ、この琴弾くを聞くほどに、

この子七つになりぬ。(俊蔭)

東国の軍兵《ぐんぴょう》大勢が都の敵を襲おうとしてやって来て、この山を占拠した。俊蔭女《むすめ》は、大事の際に弾けという父の遺言を思い出して、「なむ(南)風」の琴を弾く。すると、大木が倒れ、山が崩れるなどの変異が起こって、軍兵たちは埋まって死んでしまった。この琴の調べがきっかけで、昔の若子君、今は右大将となっている兼雅は俊蔭女母子とめぐりあう。

兼雅は母子を京の堀川の屋敷に迎えとり、この子を元服《げんぷく》させて、仲忠と名のらせた。これから、物語は源正頼という貴族の九番目の姫である貴宮《あてみや》という美しい女性をめぐる大勢の貴族や王族たちの求婚競争の話に移る。その大勢の中には、兼雅・仲忠の父子や、貴宮の兄の仲澄、紀伊国吹上《きのくにふきあげ》の豪族に育てられた源涼《すずし》などがいる。その間、深刻な家庭悲劇やこっけいな話もあるが、結局、貴宮は東宮妃《とうぐうひ》となった。そして、仲忠は御門《みかど》の女一の宮と結婚し、二人の間に犬宮という女の子が生まれる。

仲忠は楼を造り、その楼の上で犬宮に秘曲を伝授する。七夕《たなばた》の夜、俊蔭女(いまは尚侍《しょうじ》となっている)・仲忠・犬宮の三人が楼上で琴を弾く場面は、次のように描かれている。

夜いたう更《ふ》けぬれば、七日の月今は入るべきに、光たちまちに明《あきら》かになりて、かの楼の上とおぼしきに当りて輝く。神(雷)はるかに鳴りゆきて、月のめぐりに星集まるめり。世になうかうばしき風、吹き匂《にほ》はしたり。少し寝入りたる人々目覚めて、異《こと》ごと覚えず、空に向ひて見聞く。楼のめぐりは、ましてさまざまにめづらしうかうばしき香満ちたり。三所《みところ》ながら、大将（仲忠）おはする渡殿《わたどの》にて弾きたまふなり。下《しも》を見おろしたまへば、月の光に、前栽《せんざい》の露、玉を敷きたるやうなり。響《ひび》き澄み、音《ね》高きことすぐれたる琴《きん》なれば、尚侍《かんのおとど》忍びて、音《ね》の限りもえ掻《か》き鳴らしたまはず。色々の雲、月のめぐりに立ち舞ひて、琴の声高く鳴る時は、月・星・雲も騒がしくて、静かに鳴る折はのどかなり。聞きたまふに、飽《あ》くべき世なう、暁までも聞かむとおぼすに、夜半《よなか》多く過ぐるほどに弾きやみたまひぬ。（楼の上、下）

この時代、音楽は仏のましますす極楽浄土《ごくらくじょうど》へのあこがれを象徴するものであった。宇治の平等院には、さまざまな楽器を手に、空中で楽をかなでている雲中供養菩薩《うんちゅうくようぼさつ》の彫刻が見られる。そのような理想世界への憧憬《しょうけい》と、そうとう深刻な政権争いの現実と、王朝文化を支える二つの面をとらえようとした、けれどもその主題を十分に描ききったともいえない物語、ねらいはよいのだが未完成に終わったような長編物語——それが『うつほ物語』だと言えそうである。

11　蜻蛉《かげろう》日記

①日記文学
②三　巻
③天延二(九七四)年以降
④藤原道綱母
⑤岩波文庫、ソフィア、BC

紀貫之《きのつらゆき》は女性に偽装《ぎそう》して、旅日記である『土佐日記』をしたため、その中で子を失った悲しみや船路の心細さを述べた。しかし、やや時代が進むと、ほんとうの女性が自身の思いを、かな日記に綴《つづ》るようになる。その最初の例が、『蜻蛉日記』の作者、右大将《うだいしよう》藤原道綱母《ふじわらのみちつなのはは》である。彼女はこの日記の最初で言う。

かくありし時過ぎて、世の中にいとものはかなく、とにもかくにもつかで、世に経《ふ》る人ありけり。かたちとても人にも似ず、心魂《こころだましひ》もあるにもあらで、かうものの要《えう》にもあらであるもことわりと思ひつつ、ただ臥《ふ》し起き明《あ》かし暮らすままに、世の中に多かる古物語の端《はし》などを見れば、世に多かるそらごとだにあり、人にもあらぬ身の上まで書き日記《にき》して、めづらしきさまにもありなむ、天下《てんげ》の人の品《しな》高きやと、問はむためしにもせよかしと覚ゆるも、過ぎにし年月ごろのこともおぼつかなかりければ、さてもありぬべきことなむ多かりける。(上)

ふつう右大将道綱母と呼ばれるこの女性は、息子の藤原道綱が大納言《だいなごん》兼東宮大夫《とうぐうだいぶ》（東宮傅《とものふ》）になったので、傅大納言母上とも言われる。また、陸奥《むつ》その他の受領《ずりよう》を勤めた藤原倫寧《ともやす》の娘であったので、藤原倫寧女《むすめ》という呼び方もある。いずれにせよ、本名はわかっていないので、息子か父親の名をかぶせて呼ぶしかないのである。

道綱は、彼女が権勢ある政治家藤原兼家《かねいえ》との間にもうけた息子である。つまり、彼女は兼家の妻であった。けれども、この時代の貴族は何人かの妻をもっているのがふつうであった。兼家にも彼女と結婚する前から別の妻がおり、しかもその妻にはたくさんの息子や娘がいて、むしろ正妻の格であった。そのことは彼女も承知していたのだが、兼家はそれ以外にも愛人を作って、その家にしげしげと通うので、道綱母はしばしば彼の訪れをむなしく待たなければならなかった。『蜻蛉日記』三巻は、そのような一夫多妻制の時代を生きた貴族社会の一家庭婦人のさまざまな思いをあからさまに綴った、思い出の記である。

彼女が兼家と結婚したのは、天暦《てんりやく》八（九五四）年の秋頃のことである。彼女は一九歳ぐらいだったかと想像されている。そして、翌年には道綱が生まれたが、その後まもなく、彼女は町小路《まちのこうじ》という所に兼家の愛人がいることを知る。

これより、夕さりつかた、「内裏《うち》の方《かた》ふたがりけり」とて出づるに、心得で、人を付けて見すれば、「町の小路なるそこそこになむ、（車は）止まりたまひぬる」とて来たり。さればよと、いみじう心憂しと思へども、言はむやうも知らであるほどに、二、三日ばかりありて、暁がたに、門《かど》を叩《たた》く時あり。さなめりと思ふに、憂くて、開けさせねば、例の家とおぼしき所にものしたり。つとめて、なほもあらじと思ひて、
なげきつつひとり寝《ぬ》る夜の明くる間《ま》はいかに久しきものとかは知る
と、例よりはひきつくろひて書きて、うつろひたる菊にさしたり。返りごと、「あくるまでもこころみむとしつれど、とみなる召使の来あひたりつればなむ。いとことわりなりつるは。
げにやげに冬の夜ならぬ真木《まき》の戸もおそくあくるはわびしかりけり」(上)
けれども、これはまだほんの序の口であった。兼家は聞こえよがしに賑《にぎ》やかに先を追わせて、彼女の家の前を素通りすることもあった。次の文章は、天禄《てんろく》二(九七一)年の正月、作者が三六歳ごろのことである。
さて、年ごろ思へば、などにかあらむ、ついたちの日は見えずしてやむ世なかりき。さもやと思ふ心づかひせらる。未《ひつじ》の時ばかりに、さき追ひののしる。「そそ」など、人も騒ぐほどに、ふと引き過ぎぬ。急ぐにこそはと思ひかへしつれど、夜もさてやみぬ。つとめて、ここに縫《ぬ》ふ物ども取りがてら、「昨日の前渡りは、日の暮れにし」などあり。いと返りごとせま憂けれど、(侍女《じじょ》たちが)「なほ、年の初めに、腹立《だ》ちな初《そ》

めそ」などいへば、少しはくねりて書きつ。かくしもやすからずおぼえいふやうは、「このおしはかりし近江（兼家が通っている女性の一人）になむ文通ふ。さなりたるべし」と、世にも言ひ騒ぐ心づきなさになりけり。（中）

道綱母はいっそ尼になってしまおうと、京の西の鳴滝《なるたき》に籠《こも》る。すると、兼家がやってきて、息子の道綱をたくみに使って、強引《ごういん》に連れ戻してしまった。

つれなくて動かねば、「よしよし、われは出でなむ。（道綱にたいして）きんぢにまかす」とて、立ち出でぬれば（道綱が）「とくとく」と、手を取りて、泣きぬばかりに言へば、いふかひもなさに出づるここちぞ、さらにわれにもあらぬ。大門引き出づれば、（兼家が）乗り加はりて、道すがら、うちも笑ひぬべきことどもを、ふさにあれど（たくさん言うけれども）、夢路かものぞ言はれぬ。（中）

そして、このことがあったのちには、兼家は作者に「雨蛙《あまがえる》」というあだ名をつける。尼になろうとして、いや、ほとんど尼になりかけて、うき世に帰ってきた（還俗《げんぞく》した）というので、「尼帰る」を掛けているのである。そして、依然として訪れは間遠である。作者は、

おほばこの神のたすけやなかりけむ契《ちぎ》りしことを思ひかへるは（中）

という、いやみの歌を送った。おおばこの葉っぱを掛けると死んだ蛙も生き返るというけ

れども、あなたは約束をたがえるから、雨蛙のわたしには効き目がなかったのでしょうというのである。

この日記は、天延《てんえん》二（九七四）年の大晦日《おおみそか》の記事で筆を措《お》いている。息子の道綱は二〇歳の青年で、女たちと恋歌のやりとりをするまでに成人してている。兼家はもはや通ってこない。「本朝三美人《ほんちょう》の一人」といわれる彼女はおそらくこの年でも美しさを保ってはいたのであろう、兼家と仲の悪い兼通《かねみち》が関心を示したりしてもいる。しかし女性としての盛りはとうに過ぎてしまったという感慨を禁じえなかったにちがいない。そして、年が明ければ、また一つ年を取るのである。

今年いたう荒るるとなくて、はだら雪ふたたびばかりぞ降りつる。助（右馬助《うまのすけ》道綱）の一日《ついたち》のものども、また白馬《あをむま》（正月七日の白馬の節会《せちえ》）にものすべきなどものしつるほどに、暮れはつる日にはなりにけり。明日のもの、折り巻かせつつ、人に任せなどして、思へば、かうながらへ、今日になりにけるもあさましう、御魂《みたま》など見るにも、例の尽きせぬことにおぼほれてぞはてにける。京のはてなれば、夜いたう更けてぞ、叩《たた》き来《く》なる。（下）

『土佐日記』の貫之はとりすましていないと言った。『蜻蛉日記』の作者もすましていない。彼女はあからさまに夫の恋人にたいして嫉妬《しっと》し、夫の不実を怒る。その一方では、病気になった夫を一心に介抱《かいほう》し、息子にひたむきな愛情を注ぐ。感情の起伏のはげしい女性なのである。現代のわれわれが共感するのはそのような彼女のはっきりした性格や行動なのだが、しかしまた、彼女の筆を通して浮かび上がってくる不実な夫、兼家も、なかなか魅力的な男性なのである。男らしくて、ユーモラスなところもあって、憎めない。彼をそのように描いていることによって、作者はやはり兼家を深く愛していたのだなと納得させられるのである。嫉妬とは、しょせん愛情の裏返しの表現なのだ。

12 枕草子《まくらのそうし》

①随筆
②三巻
③長保三(一〇〇一)年頃
④清少納言
⑤新古典大系、ソフィア、BC

日本の四季はそれぞれ美しい。昔の人はたとえば、春は花(桜)、夏はほととぎす、秋は月、冬は雪というように、おのおのの季節を代表する風物、景物を選んでいる。ところで、四季おのおのがもつ美しさはそのような物だけではなく、時刻によっても代表できるだろうと考え、それをみごとに言ってのけた女性がいる。清少納言《せいしょうなごん》である。彼女の随筆『枕草子』は、次のような文章で始まっている。

春はあけぼの。やうやうしろくなりゆく、山ぎはすこしあかりて、紫だちたる雲の細くたなびきたる。

夏は夜。月の頃はさらなり。闇《やみ》もなほ、蛍《ほたる》の多く飛びちがひたる。また、ただ一つ二つなど、ほのかにうち光りて行くもをかし。雨など降るもをかし。

秋は夕暮。夕日のさして山の端《は》いと近うなりたるに、烏《からす》の寝所へ行くとて、三つ四つ、二つ三つなど飛びいそぐさへあはれなり。まいて雁《かり》などの連《つら》ねたるが、いと小さくみゆるはいとをかし。日入りはてて、風の音《おと》、虫の音《ね》など、はた言ふべきにあらず。

冬はつとめて（早朝）。雪の降りたるは言ふべきにもあらず、霜のいと白きも、またさらでもいと寒きに、火などいそぎおこして、炭もてわたるもいとつきづきし。昼になりて、ぬるくゆるびもていけば、火桶《をけ》の火も白き灰がちになりてわろし。（一段、段数は岩波文庫本による）

清少納言が提示した、この四季それぞれの時刻についての美意識は、その後ながく日本人の心にしみ込んだのであった。

清少納言は清原元輔《きよはらのもとすけ》の娘である。元輔は、第二番目の勅撰《ちよくせん》和歌集『後撰《ごせん》和歌集』の五人の撰者たち、世に「梨壺《なしつぼ》の五人」と呼ばれた歌人グループの一人であった。元輔の祖父も『古今和歌集』の歌人深養父《ふかやぶ》である。しかしまた、元輔は『今昔《こんじやく》物語集』などに、こっけいなことを言って人々を笑わせる技能にもたけていた老人として登場する。清少納言は歌を詠む才能よりは、この冗談《じようだん》や奇抜なことなどを言って人々を笑わせる才のほうを父から受けついだらしい。

彼女が生まれた年ははっきりしていないけれども、平安時代のなかばの康保《こうほう》三（九六六）年頃かと推定されている。そして、一六歳ぐらいの年で橘則光《たちばなののりみつ》と結婚して、男の子も生まれたけれども、まもなく別れてしまった。この則光は『今昔物語集』にも逸話が語られている武勇をもってならした人で、歌を詠んだり、人から歌を送られたりするという風流なことが大嫌いだったという。清少納言は、自分では歌はへただと言っているものの、元輔の娘である。人並み以上には詠めるのだ。けれども、別れたのちにも、この二人は宮廷などでは、「兄妹《せうといもうと》」と呼ばれて、仲良く口をききあえる間柄であったらしい。

そののち、清少納言は一条天皇の中宮定子《ちゅうぐうていし》に女房として仕えることになった。定子は中関白《なかのかんぱく》藤原道隆《みちたか》の娘で、清少納言よりは一一歳ほど年少、美しく、知性教養豊かで、しかもやさしい人柄だった。清少納言はすっかり傾倒し、深い敬愛の念をもって仕えた。

一条天皇も中宮（のちに皇后）定子を深く愛していたが、道隆が病死したのち、その後継者である中宮の兄伊周《これちか》は、叔父《おじ》の道長との政権争いに敗れて大宰府《だざいふ》に左遷《させん》され、中関白家はにわかに没落する。道長の娘彰子《しょうし》が入内《じゅだい》して中宮になる。そして、清少納言は道長側に心を通わせていると中傷されて、里へさがっていたこともある。

『枕草子』は、まだ中関白家の没落が始まっていない頃、内大臣だった伊周が定子に献上した紙を前にして、定子が「これに何を書いたらいいかしら」と女房たちに尋ねた際に、清少納言が、「枕にこそは侍《はべ》らめ（それは「枕」（枕詞《まくらことば》・歌枕の類）でございましょう）」と答えたので、「では、そなたが取りなさい」とあたえられた。それで思いつくままを書きつけた随筆であるという。「鳥は」「草の花は」とか、「憎きもの」「うつくしきもの」といったようなものづくしを書きつらねた類聚《るいじゅう》章段、「四月、祭の頃」「五月《さつき》ばかりなどに山里に歩《あり》く」のような随想的章段、中宮や中関白家の人々などのこと、自身の宮仕えの思い出などを綴《つづ》った回想的章段などとりまぜて、およそ三五〇の章段から成っている。おそらく、長保《ちょうほう》三（一〇〇一）年頃にはまとめられたのではないかと考えられている。

次の文章は、「鳥は」というものづくし章段の一部である。

鳥は　こと所の物なれど、鸚鵡《あうむ》、いとあはれなり。人の言ふらんことをまねぶらんよ。ほととぎす。くひな。しぎ。都鳥。ひわ。ひたき。山鳥、友を恋ひて、鏡を見すればなぐさむらん、心若う、いとあはれなり。谷へだてたるほどなど、心ぐるし。

（四一段）

この先にもさまざまな鳥が出てきて、とくに鶯《うぐいす》とほととぎすについてはくわしくその長所・短所を論じている。彼女はほととぎすの熱烈なファンなのである。そして、この段は、次の一文で終わっている。

よる鳴くもの、何も何もめでたし。ちごどものみぞさしもなき。

ものづくしの中には、非常に短いものもある。それらは警句のようであったり、散文詩のようであったりする。

遠くて近きもの　極楽《ごくらく》。舟の道。人の中。（一六七段）

月は　有明《ありあけ》の、東《ひんがし》の山ぎはに細くて出づるほど、いとあはれなり。（二五三段）

星は　すばる。彦星。夕《ゆふ》づつ。よばひ星、少しをかし。尾だになからましかば、まいて。（二五四段）

「すばる」という美しい言葉は、外国語ではない、大和言葉《やまと》なのである。

一条天皇にかわいがられて従《じゅ》五位下という位をさずけられた猫の「命婦《みやうぶ》のおとど」をおどしたという罪により、犬島へ島流しにされた犬の「翁丸《おきなまろ》」が、こっそり立ち帰っていたのを、清少納言やその他、中宮（このときは皇后）定子の女房たちが同情して、かばってやる話、「上にさぶらふ御猫は」という回想的章段はおもしろい。

御厠人《みかはやうど》なる者走り来て、「あないみじ。犬を蔵人《くらうど》二人して打ち給ふ、死ぬべし。犬を流させ給ひけるが、帰り参りたるとててうじ（打ち）給ふ」と言ふ。心憂《う》のことや、翁丸なり。「忠隆《ただたか》・実房《さねふさ》なんど打つ」と言へば、制しにやるほどに、からうじてなきやみ、「死にければ、陣の外《と》に引き捨てつ」と言へば、あはれがりなどする、夕つ方、いみじげにはれ、あさましげなる犬のわびしげなるが、わななき歩《あり》けば、「翁丸か。この頃かかる犬やは歩く」と言ふに、「翁丸」と言へど、聞きも入れず。それとも言ひ、「あらず」とも口々申せば、「右近《うこん》ぞ見知りたる。呼べ」とて召せば、参りたり。「これは翁丸か」と見せさせ給ふ。「似ては侍れど、これはゆゆしげにこそ侍るめれ。

また、『翁丸か』とだに言へば、よろこびてまうで来るものを、呼べど寄り来ず。あらぬなめり。それは『打ち殺して捨て侍りぬ』とこそ申しつれ。二人して打たんには、侍りなむや（生きていますまい）」など申せば、心憂がらせ給ふ。（九段）

けれども、やはりこの犬が翁丸だったのである。清少納言がこの犬を見て翁丸のことを思いやり、「今度は何の身に生まれ変わっているだろう。どんなにつらかっただろうか」などとつぶやいていると、この犬は身をふるわせて、涙を落とした。結局、天皇のおとがめも許されて、もとのように女房たちに愛されたという。

清少納言が敬愛してやまない皇后定子は、長保二年一二月一六日、御産の際に二五歳の若さでなくなった。清少納言自身は藤原棟世《むねよ》という人と再婚して、小馬命婦《こまのみょうぶ》という娘を生んだが、その晩年はさびしいものであったという。

13 源氏物語《げんじものがたり》

①物　語
②五四巻
③寛弘五(一〇〇八)年頃
④紫式部
⑤新古典大系、ソフィア、BC

いづれの御時《おほんとき》にか、女御更衣《にょうごかうい》あまたさぶらひたまひける中に、いとやむごとなき際《きは》にはあらぬが、すぐれて時めきたまふありけり。(桐壺《きりつぼ》)

全部で五四巻、登場人物は四代にわたる、長く華やかでしかも憂愁に満ちた王朝物語は、このような昔物語ふうな語り口で静かに始まる。その語り手は紫式部である。

この物語――『源氏物語』五十四帖《じょう》は、ふつう三部に分けて考えられている。第一部は「桐壺」の巻から「藤の裏葉」の巻までの三三巻、第二部は「若菜上《わかな》」の巻から「幻」の巻までの八巻、第三部は「匂宮《におうのみや》」の巻から「夢の浮橋《うきはし》」の巻までの一三巻である。

第一部と第二部の主人公は、桐壺の御門《みかど》と桐壺の更衣《こうい》との間に生まれ、臣下として源《みなもと》の姓を名乗った美貌《びぼう》の皇子、世に光《ひかる》源氏と呼ばれた人物である。第一部ではこの源氏が多くの女性たちと恋をし、また政治社会の中でももまれて、一時は失意のどん底におちいりながらも、政界に復帰し、栄花をきわめるまで、第二部では、その源氏の栄花にもかげりが生じ、最愛の紫の上にも死なれて、出家を決意するまでが語られている。

紫の上を最愛の人といったが、源氏はそれより早く、愛してはならない人を愛してしまっていた。父御門の后《きさき》、藤壺中宮《ふじつぼちゆうぐう》（のちに皇后）である。この人がなき母桐壺の更衣に似ていると聞いて、母恋しさがいつかしら恋に変わっていったのであった。紫の上はその藤壺の姪《めい》である。まだ幼い紫の上を源氏は、偶然、北山《きたやま》の僧坊で見いだした。

清げなる大人二人ばかり、さては童《わらは》べぞ出で入り遊ぶ。中に、十ばかりにやあらむと見えて、白き衣《きぬ》、山吹などのなえたる着て、走り来たる女子《をんなご》、あまた見えつる子どもに似るべうもあらず、いみじく生ひ先見えてうつくしげなる容貌《かたち》なり。髪《かみ》は扇《あふぎ》をひろげたるやうにゆらゆらとして、顔はいと赤くすりなして立てり。「何事ぞや。童べと腹立ちたまへるか」とて尼君の見上げたるに、少し覚えたるところあれば、子なめりと見たまふ。「雀《すずめ》の子を犬君《いぬき》が逃がしつる。伏籠《ふせご》のうちに籠《こ》めたりつるものを」とて、いとくちをしと思へり。このゐたる大人、「例の心なしの、かかるわざをしてさいなまるるこそ、いと心づきなけれ。いづ方へかまかりぬる。いとをかしうやうやうなりつるものを。烏《からす》などもこそ見つくれ」とて立ちて行く。髪ゆるるかにいと長く、めやすき人なめり。少納言《せうなごん》の乳母《めのと》とこそ人言ふめるは、この子の後見《うしろみ》なるべし。

尼君、「いで、あな幼《をさな》や。言ふかひなうものしたまふかな。おのがかく今日明日に覚ゆる命をば、何とも思《おぼ》したらで、雀慕ひたまふほどよ。罪得《う》ることぞと常に聞《きこ》ゆるを、心憂く」とて、「こちや」と言へば、ついゐたり。つらつきいとらうたげにて、眉《まゆ》のわたりうちけぶり、いはけなくかいやりたる額《ひたひ》つき、髪《かむ》ざし、いみじううつくし。ねびゆかむさまゆかしき人かな、と目とまりたまふ。さるは、限りなう心をつくしきこゆる人（藤壺）に、いとよう似たてまつれるが、まもらるるなりけり、と思ふにも、涙ぞ落つる。（若紫）

尼君はこの少女の祖母であった。尼君の死後、源氏はこの少女をさらうようにして引き取って理想的な女性に育て上げ、そして妻とする。

けれども、第二部に入ると、まず紫の上が不幸を味わう。源氏のところへ、兄朱雀院《すざくいん》の皇女、女三の宮が降嫁《こうか》してくる。姪に当たるこの皇女のめんどうを見てほしいという兄の院の頼みを、源氏もこばむことはできなかった。心を痛めた紫の上は病となり、結局は源氏に先立って世を去るのである。

源氏が紫の上を看病している間に、太政《だいじょう》大臣（はじめは頭中将《とうのちゅうじょう》、源氏の長年の友であり、義兄であり、政敵でもある）の子柏木《かしわぎ》が女三の宮に近づいてひそかに会ってしまった。

御几帳《みきちゃう》どもしどけなく引きやりつつ、人げ近く世づきてぞ見ゆるに、唐猫《からねこ》のいと小さくをかしげなるを、少し大きなる猫追ひ続きて、にはかに御簾《みす》のつまより走り出づるに、人々おびえ騒ぎてそよそよと身じろきさまよふけはひども、衣の音なひ、耳かしがましき心地す。猫は、まだよく人にもなつかぬにや、綱いと長く付きたりけるを、物に引きかけまつはれにけるを、逃げむとひこじろふほどに、御簾のそばいとあらはに引き開けられたるをとみに引き直す人もなし。この柱のもとにありつる人々も心あわたたしげにて、もの怖《お》ぢしたるけはひどもなり。

几帳の少し奥に、袿《うちき》姿で立っている女性がいた。それが源氏の妻女三の宮であった。

御衣《おんぞ》の裾《すそ》がちに、いと細くささやかにて、姿つき、髪のかかりたまへるそば目、いひ知らずあてにらうたげなり。……猫のいたく鳴けば、見返りたまへる面《おも》もちもてなしなど、いとおいらかにて、若くうつくしの人や、とふと見えたり。（若菜上）

柏木は女三の宮を忘れられなくなった。ついに侍女《じじょ》を味方につけて彼女のもとに忍んだ。おっとりした女三の宮は、彼の激しい情熱をこばむことができなかった。秘密の恋は源氏に気づかれた。女三の宮は柏木との恋の形見として男の子（薫《かおる》）を生み、まもなく出家してしまった。源氏は罪の報いを思い知らされた。源氏の栄花をもたらした冷泉《れいぜい》帝は、桐壺帝と藤壺皇后との御子とされているが、本当の父は源氏だったのである。源氏にあてこすりを言われた柏木は病の床に臥《ふ》し、源氏の子で友人の夕霧にあとのことを託して世を去った。

第三部は、源氏の孫の匂宮《におうみや》、源氏の子とされているが実は柏木を父とする薫と、源氏の弟である宇治八の宮の三人の姫、大君《おおいぎみ》・中の君・浮舟などを中心とする物語である。

若い頃から自分の運命に影を感じて仏教に心を寄せていた薫は、宇治八の宮のもとに通ううちに、大君を忘れられなくなる。八の宮は姫たちのことを頼んでなくなった。薫の手引きによって、匂宮は中の君と結婚し、大君は薫の心を知りながらも、その愛情を受け入れずに、世を去った。中の君の言葉から、二人の姉妹と腹違いの浮舟を知った薫は、彼女をなき大君の身代りのように感じて、宇治に住まわせ、ときおり都から通う。しかし、美しい女性にはすぐに情熱的になる匂宮はひそかに浮舟と親しくなってしまう。薫にすまないと思いながらも、浮舟もいつしか匂宮が好きになっていた。しかも薫は匂宮が浮舟と会ったことを悟ったのである。二人の男性の愛情の板ばさみになった浮舟は、目の前を音高く流れる宇治川に身を投げて死のうと決意する。

ものはかなげに帯などして経読む。親に先立ちなむ罪失ひたまへとのみ思ふ。……憂きさまに言ひなす人もあらむこそ、思ひやり恥づかしけれど、心浅くけしからず人わらへならむを聞かれたてまつらむよりは、など思ひつづけて、

なげきわび身をば捨つともなき影に憂き名流さむことをこそ思へ

親もいと恋しく、例はことに思ひ出《い》でぬはらからの醜《みにく》やかなるも恋し。宮の上（中の

君）を思ひ出できこゆるにも、すべて今一度《ひとたび》ゆかしき人多かり。人はみな、おのおの物染め急ぎ、何やかやと言へど、耳にも入らず。夜となれば、人に見つけられず出て行くべき方を思ひまうけつつ、寝られぬままに、心地もあしく、みな違《たが》ひにたり。明けたてば、川の方《かた》を見やりつつ、羊の歩みよりもほどなき心地す。（浮舟）

浮舟は横川《よかわ》の僧都《そうず》に助けられたが、尼となる。薫は彼女が生きているらしいと聞いて、彼女の弟の小君《こぎみ》を使いにつかわすが、彼女は会おうともしなかった。

鎌倉時代の初めに書かれた『無名草子《むみようぞうし》』に、「さても、この源氏作り出でたるこそ、思へど思へど、この世ひとつならずめづらかにおぼゆれ」と述べられているが、まことに、一一世紀のごく初めという昔、宮廷女房がたった一人で、このような複雑な筋立ての物語をつむぎ出したのは、不思議というほかはない。もとよりそれは紫式部が天才だったからこそ可能だったのであるが、しかしその天才をはぐくんだのはやはり摂関《せっかん》時代という時代であり社会だったのである。

14 紫式部日記《むらさきしきぶ》

①日記文学
②一　巻
③寛弘七(一〇一〇)年頃
④紫式部
⑤新古典大系、ソフィア、BC

いままで述べてきたように、『源氏物語』以前の物語はいずれも作者未詳《みしょう》である。以後の物語も事情はほとんど変わらない。『源氏物語』だけが、紫式部というはっきりした作者をもっている。考えてみると不思議である。彼女は和歌をも詠み、家集『紫式部集』も残しているが、歌人としてではなく、物語作者として、永遠に名をとどめることになった。

紫式部は儒者《じゅしゃ》藤原為時《ためとき》の娘である。惟規《のぶのり》という兄弟がいた。父が幼い惟規に漢文の書物を教えているかたわらで聞いていた彼女は、惟規よりも早く理解してしまったので、為時は、「この子が男の子に生まれてこなかったのが残念だ」と嘆いた。

同族の藤原宣孝《のぶたか》の妻となったが、このそうとう年上の夫に死別したのち、藤原道長の娘で一条天皇の中宮《ちゅうぐう》であった彰子《しょうし》に、女房として仕えた。彰子に『白氏文集《はくしもんじゅう》』を読んであげることもあったようだから、いわば家庭教師を兼ねた女房であった。道長その人の愛人の一人であったという見方もある。

『源氏物語』は宣孝に先立たれたさびしい生活の中で書き始められたのが、世間に好評を博して、つぎつぎと書き継がれていったのであろう。この物語を知った一条天皇は、「この人は日本紀《にほんぎ》（漢文体の国史）をこそ読みたまふべけれ。まことに才《ざえ》あるべし」とほめた。そのことを聞いたいじわるな同僚は、彼女に「日本紀の御局《つぼね》」とあだ名をつけた。

この紫式部には、『紫式部日記』という、かな文の日記が残されている。

秋のけはひ入りたつままに、土御門殿《つちみかどどの》の有様、いはむ方なくをかし。

という書き出しの、寛弘《かんこう》五（一〇〇八）年七月の記事に始まり、同七年正月までの記事が、終わりのほうはとくにとびとびに記されている。

はなやかな宮廷に仕えていながら、彼女は時おり心が沈むのをどうしようもなかった。

行幸《ぎやうがう》近くなりぬとて、殿の内をいよいよ造ろひ磨かせたまふ。世におもしろき菊の根を尋ねつつ掘りてまゐる。色々うつろひたるも、黄なるが見どころあるも、さまざまに植ゑたてたるも、朝霧のたえまに見わたしたるは、げに老《おい》も退《しぞ》きぬべき心地するに、なぞや、まして、思ふことの少しもなのめなる身ならましかば、すきずきしくももてなし、若やぎて、常なき世をも過ぐしてまし、めでたきこと、おもしろきことを見聞くにつけても、ただ思ひかけたりし心の引く方《かた》のみ強くて、ものうく、思はずに、嘆かしきことのまさるぞ、いと苦しき。いかで今はなほ物忘れしなむ、思ふかひもなし、罪も深かなりなど、明けたてばうちながめて、水鳥どもの思ふことなげに遊びあへるを見る。

水鳥を水の上とやよそに見むわれも浮きたる世を過ぐしつつ

かれも、さこそ心をやりて遊ぶと見ゆれど、身はいと苦しかんなりと、思ひよそへらる。

このような内向的な性格と、少女時代から示された聡明《そうめい》さ、漢文学の素養などが、彼女を『源氏物語』の作者に仕立てたのである。自分自身の心を深く見つめる傾向のある彼女は、数少ない友にたいしてはほとんど恋愛に近いような誠意あふれる友情を傾ける一方、他人にたいしてもとかくきびしい見方をしがちであったのかもしれない。この日記には同じ時代の女房たちの人となりや才能を観察、批評している部分があるが、なかでも同じ中宮彰子に仕えていた和泉《いずみ》式部にたいする見方は冷やかだし、皇后定子《ていし》の女房であった清少納言《せいしょうなごん》にいたっては容赦《ようしゃ》ない。

和泉式部といふ人こそ、おもしろう書き交《かは》しける。されど、和泉はけしからぬかたこそあれ、うちとけて文走り書きたるに、そのかたの才《ざえ》ある人、はかない言葉のにほひも見え侍《はべ》るめり。歌はいとをかしきこと。ものおぼえ、歌のことわり、まことの歌よみざまにこそ侍らざめれ、口に任せたることどもに、かならずをかしき一節《ひとふし》の目にとまる詠み添へ侍り。それだに、人の詠みたらむ歌、難じことわりゐたらむは、いでやさまで心は得じ。口にいと歌の詠まるるなめりとぞ見えたる筋に侍るかし。恥づかしげの歌よみやとはおぼえ侍らず。

次は清少納言評。

清少納言こそ、したり顔にいみじう侍りける人。さばかりさかしだち、真名《まな》書きちらして侍るほども、よく見れば、まだいと足《た》らぬこと多かり。かく、人にことならむと思ひ好める人は、かならず見劣りし、行く末うたてのみ侍れば、艶《えん》になりぬる人は、いとすごうすずろなる折も、もののあはれに進み、をかしきことも見過ぐさぬほどに、おのづから、さるまじくあだなるさまにもなるに侍るべし。そのあだになりぬる人のはて、いかでかはよく侍らむ。

気さくな感じの清少納言にたいして、紫式部はとっつきの悪い女性だったのであろう。友とするとたいそう情のこまやかな人、そのかわり、敵にまわすとこわい人だったろう。あなたがどちらのタイプを好きになるかは知らない。ただ、紫式部と知り合ったら、彼女から広く人間について学ぶことが計り知れないだろうということは確かだと思われる。

15 更級《さらしな》日記

①日記文学
②一　巻
③康平元（一〇五八）年以降
④菅原孝標女
⑤古典集成、ソフィア、BC

東国育ちの受領《ずりよう》の娘は、姉や義母の語る物語を通じて、京へのあこがれをふくらまし、一三になった年の秋、はるばると上京の旅路につく。後一条《ごいちじよう》天皇の代、寛仁《かんにん》四（一〇二〇）年九月三日のことであった。

あづま路《ぢ》の道のはてよりもなほ奥つ方に生ひ出でたる人、いかばかりかはあやしかりけむを、いかに思ひ始めけることにか、世の中に物語といふもののあんなるを、いかで見ばやと思ひつつ、つれづれなる昼間、宵居《よひゐ》などに、姉・継母《ままはは》などやうの人々の、その物語、かの物語、光源氏《ひかるげんじ》のあるやうなど、ところどころ語るを聞くに、いとどゆかしさまされど、わが思ふままに、そらにいかでか覚え語らむ。

このような書き出しで始まる『更級日記』の著者、菅原孝標女《たかすえのむすめ》は、『蜻蛉《かげろう》日記』の著者右大将道綱母の姪《めい》にあたる人である。つまり、藤原倫寧《ともやす》の娘の一人、道綱母の妹と思われる女性が孝標との間に生んだ子であった。

旅路で見る風景はすべてものめずらしい。少女はところどころで聞いた伝説にたいそう心ひかれた。足柄山《あしがらやま》で会った遊女《あそび》たちの姿や歌声も強く印象づけられた。京の都に着いた少女は、母にせがみ、ようやく「をばなる人」から贈られた物語類をむさぼるように読みふける。

　はしるはしる、僅《わづ》かに見つつ、心も得ず心もとなく思ふ源氏を、一の巻よりして、人もまじらず、几帳《きちやう》の内にうち臥《ふ》して、引き出でつつ見る心地、后《きさき》の位も何にかはせむ。昼は日ぐらし、夜は目の覚めたるかぎり、灯《ひ》を近くともして、これを見るよりほかのことなければ、おのづからなどは、そらに覚え浮かぶを、いみじきことに思ふに、夢に、いと清げなる僧の黄なる地の袈裟《けさ》着たるが来て、「法華経《ほけきやう》五の巻をとく習へ」と言ふと見れど、人にも語らず、習はむとも思ひかけず、物語のことをのみ心にしめて、われはこの頃わろきぞかし（今は器量がよくない）、盛りにならば、かたちもかぎりなくよく、髪もいみじく長くなりなむ、光の源氏の夕顔、宇治《うぢ》の大将（薫《かおる》）の浮《うき》舟《ふね》の女君《をんなぎみ》のやうにこそあらめと思ひける心、まづいとはかなく、あさまし。

物語の女主人公を自身に重ね合わせて夢をはぐくんでいた少女は、実際にもしばしば夢を見た。その中には、この僧の夢以外にも、信仰へとさそう夢もあったのだが、彼女は深く心にもとめず、迷い込んできた猫が侍従大納言《じじゆうだいなごん》藤原行成《ゆきなり》の娘の生まれかわりだと見た姉の夢語りなどに強く心ひかれた。その姉も子を産んで死んだ。父は老いて常陸介《ひたちのすけ》に任ぜられ、娘といっしょに暮らせないのを嘆きながら任国にくだった。ようやく任期満ちて上京したのちは娘を主婦代りにして、隠居してしまう。たまたま経験した宮仕えも、これということなくて終わった。現実は物語の世界のようにロマンティックではなかった。適齢期をとうに過ぎて平凡な受領《ずりょう》の妻となるのが彼女に予定されていた人生であった。

けれども、もはや中年といってよい彼女にも、宮仕え生活は忘れられない思い出を残した。琵琶《びわ》の名手、源資通《すけみち》と春秋の優劣を語り明かした、時雨《しぐれ》降る夜の思い出である。

春秋のことなど言ひて、「時に従ひ見ることには、春霞《はるがすみ》おもしろく、空ものどかに霞み、月の面《おもて》もいと明《あ》かうもあらず、遠う流るるやうに見えたるに、琵琶の、風香調《ふかうでう》ゆるるかに弾き鳴らしたる、いといみじく聞《きこ》ゆるに、また、秋になりて、月いみじう明《あか》きに、空は霧《き》りわたりたれど、手に取るばかりさやかに澄みわたりたるに、風の音、虫の声、取り集めたるここちするに、箏《さう》の琴掻《ことか》き鳴らされたる、横笛《やうでう》の吹き澄まされたるは、なぞの春と覚《おぼ》ゆかし。また、さかと思へば、冬の夜の、空さへ冴《さ》えわたりいみじきに、雪の降りつもり、光りあひたるに、篳篥《ひちりき》のわななき出でたるは、春秋もみな忘れぬかし」と言ひ続けて、「いづれにか御心とどまる」と問ふに、……

いっしょにいた女房が秋の夜が好きですと答えたので、孝標女は次のように歌った。

あさみどり花もひとつに霞みつつおぼろに見ゆる春の夜の月

作者はもとより、資通も、この夜のことは忘れなかった。けれども、二人の間柄はそれ以上に発展することはなかった。

深く愛したとはいえない夫の橘俊通《たちばなのとしみち》は、任国信濃《しなの》から帰ったのち、病んで、あっけなく死んでしまった。作者ははじめて、物語や歌にばかり熱中して、後世《ごせ》の勤めに身を入れなかったことを後悔する。それでも、金色《こんじき》の阿弥陀仏《あみだぶつ》が家の庭にお立ちになったと見た夢だけを頼みに、住み古して荒れた家にただ一人住んでいた。

「更級日記」という書名は、夫の俊通が信濃守であったことから、尋ねてきた甥《おい》に、

月も出《い》でで闇《やみ》にくれたる姨捨《をばすて》になにとて今宵《こよひ》たづね来つらむ

という歌を老いた作者が詠み送ったことにもとづく。この歌は、あの『大和《やまと》物語』にも歌語りとして語られている「わが心なぐさめかねつ更級や姨捨山に照る月を見て」の古歌を念頭に置いたものであった。作者の夫橘俊通が没したのは康平《こうへい》元（一〇五八）年一〇月五日のことである。日記はおそらくそののち数年間にまとめられたのであろう。

16 大《おお》鏡《かがみ》

①歴史物語
②六　巻
③一一―一二世紀頃
④未　詳
⑤新古典全集、ソフィア、BC

歴史や社会というものは、一人の傑出した人物の出現によって左右されるのだろうか。さきに『古今和歌集』の項で、もしもクレオパトラの鼻が曲がっていたらという、パスカルの警句なるものを引いたが、シーザーとかナポレオンとか、また、ジンギスカンとかリンカーンとか、日本ならば源頼朝とか豊臣秀吉などといった人々を思い浮かべると、歴史や社会はたしかに偉大な政治家や英雄によって動かされてきたような気がしてくる。けれどもまた、彼ら大政治家や英雄たちも、結局は時代の子なのではないかという感じもする。どの人々も自分らの時代や社会の動きをよく見きわめ、その変化しようとする方向を見定めたからこそ、あれだけのことができたのではないかというようにも思えるのである。

ともかく、一国の、あるいはある時代の歴史を語る際に、そこに浮かび上がってくるさまざまな人物像を追いかけることは、たいそう興味深いことである。

『大鏡』はこのような人物中心の歴史物語である。よく読まれている本は六巻から成る。

第一巻は文徳《もんとく》天皇から後一条天皇まで一四代の天皇の伝記（帝紀）、第二巻から第五巻のなかばまでは、冬嗣《ふゆつぐ》から道長まで、藤原氏の大政治家の伝記（列伝）にあてられている。このような個人の伝を中心とする形式を紀伝体と呼んでいる。そして、第五巻の後半と第六巻には、さまざまな挿話が語られているが、それは、主として藤原氏のことを語った部分（藤氏物語）と、それ以外の話も出てくる部分（昔物語）とに分かれている。『大鏡』は純然たる歴史書ではない。大宅世継《おおやけのよつぎ》（世次）という一九〇歳の老人と、夏山繁《なつやましげ》樹《き》（重木）という一八〇歳の老人とが、青侍《あおざむらい》を相手に、雲林院《うりんいん》の菩提講《ぼだいこう》で、講師の説法が始まるまでのあいだ語ったというかたちをとっている歴史物語である。

　帝紀の部分は簡単で、生彩を放っているのは列伝や昔物語と呼ばれる挿話の部分である。列伝では藤原氏代々の大政治家の生涯に関連してその子孫や他家の人々も登場する。たとえば、左大臣時平《ときひら》の伝では、時平その人よりも、彼と対立し、ついに大宰権帥《だざいのごんのそち》に左遷《させん》された右大臣菅原道真《すがわらのみちざね》のことが、きわめて同情をもってくわしく語られている。

　播磨《はりま》の国に（道真が）おはしまし着きて、明石《あかし》の駅《むまや》といふ所に御宿りせしめたまひて、駅の長《をさ》のいみじく思へる気色《けしき》を御覧じて作らしめたまふ詩《からうた》、いと悲し。

　駅長莫《なかレ》レ驚《クコト》時《ノ》変《リ》改、一《タビハ》栄《エ》一《タビハ》落《ツル》是《レ》春秋。

また、右大臣師輔《もろすけ》の伝では、師輔の長女で村上天皇の中宮安子《ちゅうぐうあんし》がたいそう嫉妬《しっと》深かったことを、つぎのように語っている。

藤壺《ふぢつぼ》、弘徽殿《こきでん》との上の御局《みつぼね》はほどもなく近きに、藤壺の方には小一条女御《こいちでうのにようご》（芳子《ほうし》）、弘徽殿にはこの后《きさき》（安子）の昇《のぼ》りておはしましあへるを、いと安からず、えや鎮《しづ》めがたくおはしましけむ、中隔ての壁に穴をあけてのぞかせたまひけるに、女御の御かたちいとうつくしくめでたくおはしましければ、「むべ、時めくにこそありけれ」と御覧ずるに、いとど心やましくならせたまひて、穴より通るばかりの土器《かはらけ》の破《わ》れして打たせたまへりければ、……

ちょうど天皇がおられるときで、天皇はこれは安子の兄弟たちがそそのかしたのだろうといって、彼らをとがめたところ、安子はやっきとなって天皇に直談判《じかだんぱん》して、兄弟たちを許させたということである。天暦《てんりやく》の聖主も気の強い后にはほとほと手を焼いたのであった。

最も魅力ある人物は、やはり道長であろう。彼は兄弟の中でも図抜けて立派な相の持主でもあったという。ある時、女房たちが人相見に時の有力者たちの相を聞いた。

「内大臣殿（道隆）はいかがおはする」と問ふに、「いとかしこうおはします。天下取る相おはします。中宮の大夫殿《だいぶ》（道長）こそいみじうおはしませ」といふ。また、粟田殿《あはた》（道兼）を問ひたてまつれば、「それもまた、いとかしこくおはします。大臣の相おはします」。また、「あはれ、中宮の大夫殿こそいみじうおはしませ」といふ。

（中略）他人《ことひと》を問ひたてまつるたびには、この入道殿（道長）を必ず引きそへたてまつりて申す。「いかにおはすれば、かく毎度《たびごと》には聞《きこ》えたまふぞ」といへば、「第一の相には、虎の子の深き山の峰を渡るがごとくなるを申したるに、いささかも違《たが》はせたまはねば、かく申し侍《はべ》るなり。このたとひは、虎の子のけはしき山の峰を渡るがごとしと申すなり。御かたち、容体《ようてい》は、ただ毘《び》沙門《しゃもん》の生《い》き本《ほん》見たてまつらむやうにおはします。御相かくのごとし」といへば、「誰よりもすぐれたまへり」とこそ申しけれ。いみじかりける上手かな。当て違《たが》はせたまへることやはおはしますめる。（太政大臣道長上）

このようにさまざまな人々をあざやかに描き出したこの歴史物語の作者は、誰だかわからない。おそらく一一世紀から一二世紀頃にかけての、藤原氏以外の人か、藤原氏としてもここに語られるような主流からははずれた人と想像されている。語られる当事者たちには、自身の姿は見えないのが常であるから、たぶんそれは見当違いではないのだろう。

17 今昔《こんじゃく》物語集

①説　話
②三一巻
③平安後期
④未　詳
⑤新古典大系、ソフィア、BC

「女三人寄れば姦《かしま》しい」というけれども、男が三人寄り集まってもたぶんおしゃべりをするだろう。もしも、三人の男がずっと押し黙っていたら、そのほうがむしろ異様だと思う。人間は生来おしゃべりの大好きな生物である。自分の知っていることを人に話したい、伝えたいという欲望をもっている。それから、他人のこと、世の中のことを知りたいという欲求をも抱いている。

それはいつの時代でも変わらない人間の本性だろうけれども、おそらく昔の人の場合は現代の人々よりももっと話したがったり聞きたがったりしたことだろう。テレビやラジオ、新聞などのない時代には、そのような人々のおしゃべりを聞くことが情報や知識をえる重要な手段でもあった。

そのようなおしゃべりを聞き流してしまわないで、つぎつぎと書きとどめておくと、お話の本ができる。人々に語られたそういうお話を集めた本を説話集という。また、そのような種類の文学を説話文学と呼んでいる。『今昔物語集』は平安時代の代表的な説話集であり、また日本の説話文学の中でも最も興味深い作品である。

「今昔物語集」という書名は、この作品に収められているたくさんのお話が、すべて「今は昔」という言葉で語り始められていることにもとづく。昔話の類は、「昔、昔、ある所に……」という調子で語り出されることが多い。英語ならば“Once upon a time”というところであろう。それを古くは、「今は昔」と言った。「今は昔の物語となりましたが……」という意味である。

『今昔物語集』は全部で三一巻、説話の数は一千あまりにものぼる。ややくわしく述べると、三一の巻が現在もすべてそろっているのではなく、巻第八・巻第十八・巻第二十一の三巻の本文は伝わっていない。全体は天竺《てんじく》（インド）の話からなる巻、震旦《しんたん》（中国）の話を集めた巻、本朝《ほんちょう》（日本）の話の巻と、巻によって分かれている。

天竺・震旦・本朝というのは、おそらく昔の日本人にとって考えられる全世界を意味していたのであろう。だから『今昔物語集』は当時のほとんど世界全体にわたる説話集であったと言ってよい。

このようにスケールの大きな説話文学の作品を、いったいいつ誰が編纂《へんさん》したのだろうか。じつはそれがさっぱりわからないのである。

ただ、わかっていることは、『宇治大納言物語《うじだいなごん》』と呼ばれる説話集がかつてあったらしいこと、そして『今昔物語集』や、のちに取り上げる『宇治拾遺物語《うじしゅうい》』、それから『古本《こほん》説話集』という作品などは、いずれもその『宇治大納言物語』と密接な関係があるらしいこと、どうやら『宇治大納言物語』の内容をもとにして、さらに話をふやしたり、あるいは入れ換えたりして、『今昔物語集』や『古本説話集』『宇治拾遺物語』などが生まれたらしいということである。

宇治大納言と呼ばれた人は醍醐《だいご》天皇の子孫で源 隆国《みなもとのたかくに》という貴族である。この人はたいへんな話好きで、宇治に住んでいたが、道行く人々を呼び集めては昔話をさせて、自分は部屋の中に寝そべってそれらを大きなノートに書きとめた。それは一四冊になったが、そののちにも別の人が書き加えたりして、話の数はどんどん多くなったという。

隆国は白河天皇の承保《じょうほう》四（一〇七七）年七月九日に七四歳でなくなった。だから、右の伝えが正しいとすれば、一四冊から成る『宇治大納言物語』はそれ以前にできあがっていたことになる。そして、『今昔物語集』をはじめとする、「今は昔……」の語り出しをもつ説話集はそれ以後に編まれたことになるだろう。

『今昔物語集』の編者がどのような人であったかは、いっさい不明である。けれども、仏教に関する話が多いこと、坊さんがよく用いた片かなまじりの表記が用いられていることなどから、僧侶《そうりょ》ではないかと想像する人もいる。それにしても、これだけ大部な作品だから、一人ではなくて、数人の集団が編纂に当たっていたのかもしれない。

一千あまりのお話には、おもしろおかしい話、悲しく哀れな話、ありがたい話、ナンセンスな話と、じつにさまざまな話がある。人間一人一人がみなちがっているように、話もみなちがっている。ここには妖怪《ようかい》の話を一つ紹介しよう。

今は昔のこと、冷泉院《れいぜいいん》という古い御殿があった。ある夏、ある人がその建物の西の対《たい》の縁側に寝ていると、身の丈《たけ》三尺（一メートル）ぐらいの翁《おきな》が現れて、寝ている人の顔を撫《な》でるので、怪しいと思ったけれども、恐ろしいのでどうすることもできず、寝たふりをしていると、翁はそっと帰ってゆく。星明かりに見すかすと、翁は池の汀《みぎわ》まで行って、掻《か》き消すように消えてしまった。池はずっと掃除をしていないので、浮草や菖蒲《しょうぶ》が生い茂ってひどく気味が悪い。では、いよいよあの怪しい翁は池に住んでいる者だろうかと恐ろしく思ったが、その後、毎夜現れては顔を撫でるので、この噂《うわさ》を聞いた人はみな怖がった。

すると、ここに勇士がいて、「よし、おれがその顔を撫でるとかいうやつをきっとつかまえよう」と言って、その縁側にたった一人で、麻縄《あさなわ》をもって寝ながら夜通し待っていたが、宵のうちは現れない。夜中も過ぎただろうかと思う時分、待ちかねて少しうとうとすると、顔になにか冷たいものがさわったので、心に掛けて待っていたことだから、夢心地にもはっと気づいて、目覚めて飛び起きるなりつかまえた。そして、麻縄でがんじがらめに縛って、高欄《こうらん》に結いつけた。

さて人に告ぐれば、人集まりて火を灯《とも》して見ければ、長《たけ》三尺ばかりなる小翁の、浅黄《あさぎ》の上下《かみしも》着たるがたゆげなる、縛り付けられて、目を打ち叩《たた》きてあり。人、物問《と》へども、答《いら》へもせず。しばしばかりありて、少し笑《ゑ》みて、ここかしこ見めぐらして、細くわびしげなる音《こゑ》にて云《い》はく、「盥《たらひ》に水を入れて得むや」と。然れば、大きなる盥に水を入れて前に置きたれば、翁頸《くび》を延べて盥に向かひて、水影を見て、「われは水の精《たま》ぞ」と云ひて、水にづぶりと落ち入りぬれば、翁は見えずなりぬ。然れば、盥に水多くなりて、端《はた》よりこぼる。縛りたる縄は結《ゆ》はれながら、水にあり。翁は水になりて解《と》けにければ、失《う》せぬ。人皆これ見て、驚きあやしびけり。その盥の水をばこぼさずして、舁《か》きて、池に入れてけり。それよりのち、翁来て人を捜《さぐ》る事なかりけり。

これは、水の精の、人になりてありけるとぞ、人云ひけるとなむ語り伝へたるとや。

（巻第二十七　冷泉院の水の精、人の形となりて捕へらるる語《こと》　第五）

これは京の町なかの話だが、今の都会とはまったくちがった、暗くさびしい昔の都が想像される。しかし、『今昔物語集』の舞台は、京に限らない。本朝だけでも、当時ははるか遠くと考えられた関東の地で立ち上がった平将門《たいらのまさかど》のことや、それと呼応するように瀬戸内海を荒しまわった藤原純友《すみとも》のこと、陸奥《みちのく》の地での十二年合戦のこと、土佐の国の沖の妹《いも》背島《せじま》の話なども語られている。役人・勇士・商人・僧侶・山賊・海賊……ありとあらゆる階層の人々が、京や地方でいきいきと動きまわる、いかにも人間くさい世界――それは平安時代にも貴族の文学とはかなり異なった性格の文学が確かにあり、しかもそれが中世の文学のさきがけをなすものであったことを告げているのである。

18 梁塵《りょうじん》秘抄《ひしょう》

①歌　謡
②歌詞集・口伝集　各一〇巻
③仁安四（一一六九）年以後数年
④後白河法皇
⑤新古典全集、ＢＣ

かたつむり・かまきり・こおろぎ・とんぼ……夏から秋にかけては、いろいろな虫がこの細長い日本の国で大活躍する。そういえば、日本のことを古く秋津島《あきつしま》といったが、「あきつ」というのは、とんぼのことである。日本には昔からたくさんのとんぼがいた。とんぼをうたった古いわらべ唄《うた》が伝わっているのは不思議ではない。

ゐよゐよとうばうよ。堅塩《かたしほ》まゐらんさてゐたれ、はたらかで。すだれ篠《しの》の先に馬の尾より合せて、かい付けて、わらはべ冠者《くわざ》ばらに繰《く》らせて遊ばせん

「とうばう」というのがとんぼのこと。「はたらかで」というのは、働かないでというのではなく、動かないで、じっとしてという意味である。

かたつむりは「かたつぶり」といった。

舞へ舞へかたつぶり。舞はぬものならば、馬の子や牛の子に蹴《く》ゑさせてん、踏み破《わ》らせてん。まことに愛《うつく》しく舞うたらば、花の園まで遊ばせん

かまきりの古名は、「いぼうじり」または「いぼじり」「いぼむしり」である。わらべ唄ではかまきりも舞う虫とされている。かまきり舞いとでも呼ぶべき、猿楽《さるがく》（こっけいな演技）の芸もあったらしい。

をかしく舞ふものは、巫小楢葉《かうなぎこならは》車の筒《どう》とかや、平等院《びやうどうゐん》なる水車《みづぐるま》、はやせば舞ひ出づる
　いぼうじり、かたつぶり

また、古い詩歌で「きりぎりす」と呼ばれているのが、今のこおろぎである。こおろぎは舞踊家ではなくて、演奏家である。

茨小木《うばらこぎ》の下にこそ、いたちが笛吹き猿舞《かな》で、かい舞《かな》で。いなごまろ賞《め》で拍子《はうし》付く。さ
　てきりぎりすは、鉦鼓《しやうご》の鉦鼓のよき上手

このように楽しい歌を集めた本が、『梁塵秘抄』である。この歌謡集は後白河《ごしらかわ》上皇が編《へん》纂《さん》した。

平安時代から鎌倉時代にかけて、今様《いまよう》と呼ばれる歌謡が流行した。今様とは、今風、現代風の意で、現代的な歌を広くこういったのだが、その最も典型的な形式は、七・五／七・五／七・五／七・五と、七音・五音からなる句を四句繰り返すもので、仏教信仰の場で歌われた和讃《わさん》という音楽の影響を受けて発達したものらしい。しかし、そのほかにも、五・七・五・七・七という短歌形式のもの、短歌形式に「そよ」というはやし言葉を加え

たものなど、さまざまな形の歌謡が広い意味での今様と呼ばれて、人々にもてはやされていた。

なかでも今様を愛したのが、後白河法皇である。鳥羽《とば》法皇の四宮《しのみや》と呼ばれていたまだ一〇歳あまりの頃から、一日中、一晩中今様を謡ってもあきることがないという熱中ぶりであった。そのために声が出なくなったことも三度あるという。当時、今様の歌芸を最も豊富に伝えていたのは、近江国《おうみのくに》の鏡山や美濃《みの》国の青墓に代表される街道の宿場《しゅくば》にたむろする傀儡女《くぐつめ》、または摂津《せっつ》国の江口や神崎といった港町に住む遊女などであった。傀儡は狩猟や人形芝居《しばい》などの芸能にたずさわっていた、集団生活をする漂泊の人々だった。後白河院はそういう女性たちを呼び寄せて、今様を学んだ。このような努力のすえ、院は宮廷貴族社会で最高の今様の歌い手となった。多くの貴族たちはすべて院の今様の弟子であった。

後白河院はなぜそれほどまでに、今様に熱中したのであろうか。今様には法文《ほうもん》歌といって、仏教信仰を歌ったものがたくさんあるのである。たとえば、

仏は常にいませども、うつつならぬぞあはれなる。人の音せぬあかつきに、ほのかに夢に見えたまふ

阿弥陀仏《あみだほとけ》の誓願ぞ、かへすがへすも頼もしき。ひとたび御名《みな》を称《とな》ふれば、仏になるとぞ説いたまふ

よろづの仏の願よりも、千手《せんじゅ》の誓ひぞ頼もしき。枯れたる草木もたちまちに、花咲き
実生《な》ると説いたまふ

といったような歌である。また、神社歌というものもある。それらの仏や神への信仰を表わす歌を歌うことは、そのまま信仰につながることを信じて疑わなかったからである。そして、わらべ唄のようなものや、男女の愛情を歌った歌謡もまた、およそ人間の生活に根ざすすべての歌が結局は仏の信仰に連なることを、院も、遊女や傀儡女たちも信じていたのである。今様のような声楽は、和歌や詩とちがって、歌い手が死んでしまえばあとに何も残らないことを惜しんで、後白河院は今様の秘伝書を書き残すことを思いたった。そのときに、今様の歌詞集の編纂も同時におこなったのであろう。

この仕事に着手した時期は、院自身いつだったかわからないと記している。ともかく、こうして、歌詞集である『梁塵秘抄』一〇巻と、秘伝書である『梁塵秘抄口伝集《くでん》』一〇巻とをひとまず編纂しおえたのは、年号が嘉応《かおう》と改まる直前の仁安《にんあん》四（一一六九）年三月中旬のことらしい。院は四三歳になっていた。それ以後も書き足していることは、院の五十歳以後の記事も『口伝集』巻一〇に見いだされることから、確かである。中国の伝えとして、すばらしい音楽を演奏すると、梁《うつばり》に積もった塵《ちり》も舞い動くという言い方がある。それにちなんだ命名である。この大事業をなしとげてほっとした後白河院は、それから三ヵ月

後出家して、法皇となり、平《たいらの》清盛《きよもり》や木曽《きそ》義仲《よしなか》・源頼朝《よりとも》などとのかけひきにたけた政治家、頼朝が「日本一の大天狗《てんぐ》」とあてこするほどの政治家としての生涯をおくるのである。

ところが、これほど後白河法皇が心をこめて編んだ『梁塵秘抄』は、その後、幻の本となってしまった。現在では歌詞集は計五六六の歌を収める巻一の一部分と巻二だけ、秘伝を記した『梁塵秘抄口伝集』も巻一の一部と巻十だけが伝わっているにすぎない。その歌詞集の巻二も、長いあいだ行方不明で、明治時代の末に東京上野近くの古書店の店頭で偶然発見されたのであった。もしも歌詞集だけでも全部がそろっていたら、王朝末期の庶民のどんなにかさまざまな歌声が聞かれることだろうか。

Ⅲ　中世の文学

「中古の文学」で述べたように、日本歴史の研究では平安時代の末の院政期は中世の始まりと考えられているが、文学史の中世は一二世紀末の鎌倉幕府の成立から一七世紀初め、徳川家康が戦国の世に終止符を打って天下を統一する直前、具体的には、慶長五（一六〇〇）年の関ヶ原の戦いあたりまでを中世と考えるのがふつうである。政治史の上では、鎌倉時代・南北朝時代・室町時代・戦国時代・安土桃山時代に相当する。

鎌倉時代の初めには、勅撰集《ちょくせん》の『千載《せんざい》和歌集』『新古今和歌集』（『古今集』から『新古今集』までを八代集と呼ぶ）や説話集の『古事談』『宇治拾遺《うじしゅうい》物語』、物語を論じた『無名草子《むみょうぞうし》』などの作品が生まれているが、それらの大部分は前の時代である王朝の文化に大部分を負っていて、必ずしも中世的とは言いきれない。中世の時代や社会、そこに生きた人々の思想を端的に表現しているのは、随筆の『方丈記《ほうじょうき》』や軍記物語の『保元《ほうげん》物語』『平治《へいじ》物語』『平家物語』『承久記《じょうきゅうき》』、説話集でいえば仏教説話集の『宝物《ほうぶつ》集』『発心《ほっしん》集』『閑居友《かんきょのとも》』などである。また、法然《ほうねん》・親鸞《しんらん》・明恵《みょうえ》・道元《どうげん》・日蓮《にちれん》・一遍《いっぺん》ら、すぐれた僧侶《そうりょ》たちの著述・語録なども、この時代の思想の根幹を形作っている。『歎異抄《たんにしょう》』『明恵上人遺訓《しょうにんいくん》』『正法眼蔵《しょうぼうげんぞう》』『正法眼蔵随聞記《ずいもんき》』『立正安国論《りっしょうあんこくろん》』『一遍上人語録』『一言芳談《いちごんほうだん》』などである。これら法語類の影響をも受けながら、兼好《けんこう》の『徒《つれ》然草《づれぐさ》』は書かれた。また中世は京と関東（鎌倉）との往来がひんぱんだったので、『海道記《かいどうき》』『東関《とうかん》紀行』『十六夜《いざよい》日記』などに代表される、多くの紀行文が生まれた。

南北朝時代になると、鎌倉時代からしだいに盛んになった連歌が、完全に独立した文芸として、『菟玖波集《つくばしゅう》』という撰集を生むまでにいたった。上代に移入された散楽、その俗化した王朝の猿楽から発達した申楽《さるがく》の能も、観阿弥《かんなみ》・世阿弥《ぜあみ》父子の代にいたって飛躍的にすぐれた芸能となった。そして、南北朝動乱の記録である『太平記』は、この時代のうちに書かれ始めている。

室町時代を迎え、応仁《おうにん》元（一四六七）年に始まる応仁の乱を経験して、貴族文化の時代はほとんど終わりを告げる。勅撰和歌集が二一番目の『新続《しんしょく》古今和歌集』以後ついに撰《えら》ばれなかったのは、その象徴的な現れといえる。代わって、京の町には町衆《まちしゅう》の文化が、地方都市には戦国大名に守られた地方文化が育ってくる。その中で御伽草子《おとぎぞうし》が作り出され、幸若《こうわか》や説教節《せっきょうぶし》、そして小歌が人々の心をとらえ、『新撰犬筑波集《いぬつくばしゅう》』や『守武《もりたけ》千句』に代表される俳諧《はいかい》連歌が愛された。

19 保元物語《ほうげんものがたり》

①軍記物語
②三　巻
③鎌倉初期?
④未　詳
⑤新古典大系、ソフィア

どこの国の歴史を見ても、時代・社会が大きく変わるときには、内乱や外国との戦争などの起こっていることが多い。戦いは悲惨でこの上なく愚かしいことだが、人間の歴史はその愚かしいことを繰り返しながら現在にいたっているのである。

日本の国が古代から中世へと変わる境目にも何度かの内乱があった。その中でも、貴族社会に最も衝撃をあたえたのは、保元元（一一五六）年の保元の乱である。この内乱は皇室・貴族という狭い社会の内部抗争に端を発したが、武士階級を巻き込み、京の都が戦場となって、天皇側と、天皇から皇位を奪おうとする上皇側の武力対決が行われ、天皇側の速攻が効を奏して、敗れた上皇側は厳しく断罪された。この乱を境として、皇室・貴族の権威は急速に弱まり、武士階級の力が強くなった。

『保元物語』三巻は、この内乱の顚末《てんまつ》を語る軍記物語である。

平安時代の末近く、院政の主であった鳥羽《とば》法皇には后《きさき》の待賢門院《たいけんもんいん》（藤原璋子《しょうし》）との間に崇徳《すとく》天皇や四宮雅仁親王《しのみやまさひと》、その他多くの皇子皇女があったが、のちに後宮《こうきゅう》に入れた美福門院《びふくもんいん》（藤原得子《とくし》）を愛するあまり、崇徳天皇を退位させて、美福門院を母とする近衛《このえ》天皇を即位させた。けれども、近衛天皇は久寿《きゅうじゅ》二（一一五五）年一七歳の若さで病死した。新院と呼ばれていた崇徳上皇はもともと心ならずも譲位させられたのだから、自身がふたたび位につく（重祚《ちょうそ》する）か、皇子の重仁《しげひと》親王を即位させてみずから院政を執《と》るかのいずれかを期待したが、鳥羽法皇は新院とその系統を疎《うと》んじて、新院の同母弟である四宮雅仁親王を帝位に即《つ》けた。後白河天皇である。それは関白《かんぱく》藤原忠通《ただみち》の意見にしたがった結果であるといわれる。そして、その翌年の保元元年七月二日、鳥羽法皇は鳥羽殿でなくなった。

保元の乱はその直後の七月一〇日に起こっている。法皇は自分がなくなったあと、きっと事変が起こるにちがいないと予知していたらしい。熊野権現《ごんげん》に参詣《さんけい》したとき、権現の託《たく》宣《せん》（お告げ）があったともいう。それで、いったん事が起こったならば下野守《しもつけのかみ》源義朝《よしとも》や安芸守《あきのかみ》平清盛が、後白河天皇の内裏《だいり》を守護するてはずが関白忠通や参謀格の信西《しんぜい》のもとでととのえられていた。一方、崇徳上皇の側では、忠通の弟、左大臣頼長《よりなが》や参議藤原教長《のりなが》の協議の結果、義朝の父六条判官為義《ほうがんためよし》とその子どもたち、清盛の叔父《おじ》平忠正《ただまさ》とその息子たちが集められた。そして七月一一日、天皇側の軍兵《ぐんぴょう》は上皇側の立てこもる白河殿に夜討ちをかけて、これを落とした。上皇側には為義の子鎮西《ちんぜい》八郎為朝《ためとも》がいて、内裏を夜討ちすることを提案したが、頼長らに退けられたのだという。崇徳上皇は京の東山、阿弥陀ヶ峰《あみだがみね》の山中をさまよい、そこで出家したのち、弟の覚性《かくしょう》法親王のいる仁和寺《にんなじ》に身を寄せた。法親王の連絡によって上皇の所在を知った朝廷は厳しくその身辺を警護させ、七月末には新院を讃《さぬ》岐《き》に配流《はいる》した。頼長は逃れる途中、流れ矢に当たったのがもとで死んだ。乱後、信西の意見によって行われた処罰は厳しかった。忠正と息子たちは清盛によって斬《き》られ、為義とその子どもたちは義朝に殺された。ただ、為朝だけは助命されて、伊豆の大島へ流された。

『保元物語』で最もいきいきと描かれているのは、この鎮西八郎為朝である。彼は、

　為朝がしかるべき弓取と生れつきたることは、弓手《ゆんで》（左手）の腕《かひな》、すでに四寸まさりて、弓のほこ（幹）普通に過ぎ、矢束《つか》（矢の長さ）人にも勝《すぐ》れて候ふなり。（上）

という荒武者である。この為朝が夜討ちに寄せた兄の義朝と相対し、言葉戦いののちに兄を射ようとするが、考え直しておどしの矢を射るにとどめる。

　下野守…、方立《はうだて》に後を当て、丑寅《うしとら》の向きに打立《うつた》ちて、弓杖《ゆんづゑ》ついて下知《げぢ》しけり。八郎は御所の内、辰巳《たつみ》の方《かた》へ打寄せて、築垣《ついかき》に弓杖二杖ばかり寄り付きて、つい立ち上《あが》つて、かねよき征矢《そや》をうちくはせて、人の上越《うはごし》によつ引《ぴ》いてひやうど射たり。龍頭《たつがしら》に鍬形打つたる甲《かぶと》の星七八《ななつやつ》、からりと射散らして、後なる御堂《みだう》の門の方立の板に、篦中《のなか》過ぎてぞ射通したる。下野守、目暗《く》れて、馬より落ちむとするが、……甲を探れば、

矢も立たざりければ、起き上りて、心地を取り直し、へらぬよしにもてなして申しけるは、「八郎は聞きつるには似ず、手こそあばらなりけれ。敵《かたき》も敵にこそよれ、義朝ほどの敵を悪《わろ》く仕《つかまつ》るものかな」とのたまひければ、為朝嘲《あざ》笑ひ申しけるは、「一の矢は、兄にてましませば、所をおき奉《たてまつ》る上、かたがた存ずる意趣候ひて外《はづ》し奉る。御許《おんゆる》され候はば、二の矢においては、仰せに随ふべく候ふ。御顔のほどは恐れ候ふ。御首の骨か、胸板《むないた》か、三の板、屈継《くつけい》、障子の板か、脇立《わいだて》、壺の余りか、弦走《つるばし》りか、一二《いちにの》草摺《くさずり》か、一の板とも、二の板とも、矢坪《やつぼ》を定めて給はり候へ。御前に候ふ雑人《ざふにん》等、退けられ候へ」とて、打ち番《つが》うて引くを見て、……下野守、扉の陰へ打ち寄せて……

（中）

けれども、為朝のそのような思慮深い振舞いも裏目に出た。いったんはわが勲功《くんこう》に替えて老父の助命を願った義朝も、厳しい朝命《ちょうめい》をこばむことはできず、ついに家来《けらい》に為義を斬らせたのである。そして、一三の乙若《おとわか》、一一の亀若、九の鶴若、七になる天王といった幼い弟たちをも殺さざるをえなかった。乙若は斬られる前に、「二、三年のうちに、わたしたちを殺した兄義朝殿も滅びるだろう」と言ったという。はたしてその予言通りの結果となった。

20 平治物語《へいじ》

①軍記物語
②三　巻
③鎌倉初期？
④未　詳
⑤新古典大系、ソフィア

保元《ほうげん》の乱の三年後の平治元（一一五九）年に、平治の乱が起こった。これは後白河上皇の二人の寵臣《ちょうしん》である右衛門督《うえもんのかみ》藤原信頼《のぶより》と信西《しんぜい》（藤原通憲《みちのり》）との対立不和と、左馬頭《さまのかみ》源義朝と大宰大弐《だざいのだいに》平清盛との勢力争いとが結びついたものであった。信頼・義朝側は平治元年一二月、清盛が一族を引きつれて熊野詣《もう》でのために京を留守にした隙《すき》をうかがって、上皇の御所の三条殿を焼き討ちし、上皇を内裏《だいり》に幽閉《ゆうへい》して、その直前に大和国《やまとのくに》の田原に逃れた信西を殺したが、急を聞いて京へ引き返した清盛は、女装して内裏から脱出した二条天皇を六波羅《ろくはら》に迎え、官軍として義朝らと対戦する。内裏や市街が戦場となって、義朝の嫡男悪《ちゃくなんあく》源太義平《げんだよしひら》と清盛の嫡男重盛とがはなばなしく対決するが、信頼・義朝側からは寝返る者も続出して敗北し、おめおめと投降した信頼は六条河原で死刑となり、落ちてゆく途中で手傷を負った義朝の子朝長《ともなが》は、父の手にかかって死に、かろうじて尾張国《おわりのくに》の内海《うつみ》に落ちのびた義朝と鎌田《かまだ》正清の主従は、鎌田の舅《しゅうと》の長田《おさだ》親子に謀られて殺された。義朝の子頼朝は父の一行から落伍《らくご》して平宗清《むねきよ》に捕えられ、牛若ら三人の幼児をかかえて大和国に潜んでいた義朝の愛人の常盤《ときわ》（常葉）も六波羅に出頭して、清盛に愛されるようになる。行方をくらましていた義平はついに捕えられて、斬《き》られた。けれども、頼朝や牛若（のちの義経）らは助命され、運命の皮肉というか、成人したのちの彼らによって平氏は滅ぼされるのである。

『平治物語』はこの平治の乱の発端から平家の滅亡までを物語る軍記物語である。

『保元物語』の鎮西《ちんぜい》八郎為朝《ためとも》に相当する英雄が悪源太義平である。義平と重盛とが待賢門《たいけんもん》で対戦するありさまは、次のように語られている。

　悪源太……敵に相近付き、声をあげて名乗りけるは、「名をば聞きつらんものを、今は目にも見よ。左馬頭義朝が嫡子鎌倉悪源太義平、生年《しやうねん》十九歳。十五の年、武蔵国大蔵の城の合戦に、伯父帯刀先生《たてはきせんじやう》義賢《よしかた》を手にかけて討ちしよりこの方《かた》、度々《どど》の軍に一度も不覚せず。櫨《はじ》の匂ひの鎧着て、鴾毛《つきげ》なる馬に乗りたるは、平氏嫡々《ちやくちやく》、今日《こんにち》の大将左衛門佐《さゑもんのすけ》重盛ぞ。押し並べて組み取れ、討ち取れ、者ども」。十七騎、轡《くつは》を並べてぞ駆けたりける。その中にも勝れて見えけるは、三浦介二郎義澄・渋谷庄司重国・足立四郎 馬允《うまのじよう》遠元・平山武者所季重、悪源太が下知に従ひて、重盛に目をかけて馳せめぐる。悪源太は一人当千《いちにんたうぜん》のこれらを相具して、馬の鼻を並べてさんざんに懸かりけ

れば、重盛の勢《せい》五百余騎、僅《はつ》かの勢に駆け立てられて、大宮面《おもて》へばっと引いてぞ出でたりける。（上）

このような義平らの奮戦もむなしく、義朝らは戦い敗れ、義平は逃亡生活ののち捕えられて殺されたが、死後、雷となって、斬《き》り手《て》の難波恒房《なんばつねふさ》を取り殺したと伝えられる。

義朝が殺されたと聞いて、大和国へ落ちていった常盤母子の物語は、痛ましく悲しい。

頃は二月十日の曙《あけぼの》なれば、余寒なほ尽きせず、音羽川の流れも氷りつつ、峰の嵐もいと激し。道のつららも解けぬが上に、またかき曇り雪降れば、行くべき方《かた》も見えざりけり。子ども、しばしは母に勧められて歩めども、後には足腫《は》れ、血出でて、ある時は倒れ伏し、ある時は雪の上にゐて、「寒や、冷たや、こはいかがせん」と泣き悲しむ。母ひとり、これを見けん心の中《うち》、いふはかりなし。（中）

こうして、大和国の親しい人の所に忍んでいたが、清盛が老母を捕えて常盤母子の行方をきびしく追及していると聞いて、三人の子どもを引きつれて六波羅に名のって出、ついに母親も子どもたちをも救うことができたのであった。

常葉泣く泣く申しけるは、「左馬頭罪深き身にて、その子ども皆失はれんを、一人をも助けさせ給へと申さばこそ、その理《ことわり》知らぬ身にても候はめ。子どもかくもならざらん先に、まづこの身を失はせ給へと申さんを、などか聞《きこ》しめされでは候ふべき。

……」と、泣く泣くくどき申せば、六子《むつご》（乙若）、母の顔を頼もしげに見上げて、「泣かで、よくよく申してたべや」と言ひければ、只今までもよに心強げにおはしける大武殿（清盛）も、「けなげなる子が言葉かな」とて、傍《かたはら》にうち向きて頻《しき》りに涙を流されけり。（下）

『保元物語』も『平治物語』も、ともに作者はわからない。保元の乱については、その直後に書かれた記録があったという。おそらく平治の乱の場合も同様であろう。それらをもととし、戦いに加わった武士や見ていた人々の話などを取り入れて、たぶん鎌倉時代の初め頃、物語に書き上げた人は、そうとうの学識、とくに漢文学などの知識のある男性の中流かそれ以下の貴族などでもあろうか。いったん書き上げられたのちも、多くの人々の手が加わったらしく、二つの物語とも、かなり多数の異本が伝えられている。琵琶《びわ》法師などによって語られたためでもあろう。さらにまた、絵巻物として鑑賞されることも行われた。『保元物語』の絵巻物は部分的にしか残っていないが、『平治物語絵巻』はそうとう長い巻物が三巻残されていて、美しい文化を破壊しつくす内乱のむごたらしさや権力者の末路のみじめさなどをいきいきと伝えている。

21 平家物語《へいけものがたり》

①軍記物語
②一二巻
③鎌倉初期？
④未　詳
⑤岩波文庫、ソフィア、BC

保元《ほうげん》・平治《へいじ》の二度の内乱ですっかり勢力の弱まってしまった源氏は、諸国に分散して鳴りをひそめ、しばらくは平氏の全盛時代が続いた。平清盛は人臣として最高の地位である太政大臣《だいじょうだいじん》にまで昇り、娘の徳子を高倉天皇の中宮《ちゅうぐう》とし、やがて皇子が生まれると、この皇子を位に即《つ》けた。安徳天皇である。そして、天皇の外戚《がいせき》として威をふるった。これ以前、平氏の専横をこころよく思わない後白河《ごしらかわ》法皇の側近たちが平氏打倒の陰謀を企てたけれども、それは密告者によって発覚し、関係者はことごとく厳罰に処された。

けれども、安徳天皇の即位後まもなく、後白河法皇の皇子以仁王《もちひとおう》を戴《いただ》いて、源三位《げんざんみ》頼政《よりまさ》が平氏に対して立ち上がった。治承《じしょう》四（一一八〇）年五月末のことである。宇治川《うじがわ》の戦いで頼政らは敗死して、この企ては失敗したが、平家追討を呼びかけた以仁王の令旨《りょうじ》は諸国の源氏に伝えられて、八月には伊豆《いず》蛭ヶ小島《ひるがこじま》の流人《るにん》源頼朝が挙兵、ついで九月には信濃《しなの》で木曽《きそ》義仲《よしなか》が挙兵して、日本は保元・平治の乱の比ではない内乱状態となった。その間、清盛は強引に都を福原に遷《うつ》したり、反抗する東大寺や興福寺の僧兵を末子の重衡《しげひら》に攻撃させたりしたが、治承五年の閏《うるう》二月、ひどい熱病にかかって死んだ。その頃から平氏の軍勢は各地で源氏に敗れ、ついに寿永《じゅえい》二（一一八三）年七月末、平家一門は京都の自分たちの屋敷に火をかけ、安徳天皇を連れて西国（九州）へと落ちていった。かわって入京した義仲は後白河法皇の側近と争い、頼朝の弟範頼《のりより》・義経と戦って討ち死した。義経らはひき続き一谷《いちのたに》や屋島で平氏を破り、ついに元暦《げんりやく》二（一一八五、八月文治《ぶんじ》と改元）年三月二四日、関門海峡の壇《だん》ノ浦《うら》で決戦する。平家方は水軍が強く、源氏は海戦は苦手であったが、潮流の変化が源平の明暗を分けた。清盛の妻二位の尼（時子）は、安徳天皇を抱いて海に沈んだ。一門の武将たちもこれに続いた。建礼門院《けんれいもんいん》（徳子）も入水《じゅすい》したが、源氏の兵士に助けられた。平宗盛《むねもり》父子は生け捕られた。内乱は治まり、頼朝は建久三（一一九二）年、征夷大将《せいいたいしょう》軍《ぐん》に任命された。

これ以前、平家追討に大きな功績のあった義経は、兄にうとまれて奥州平泉《おうしゅうひらいずみ》に逃れたが、藤原泰衡《やすひら》にそむかれて自殺した。平氏の正統、維盛《これもり》の子六代《ろくだい》は文覚《もんがく》の働きによって、すでに斬《き》られるところを助命されたが、結局殺された。こうして、平家の子孫は絶えた。

『平家物語』はこのような平家の全盛時代から滅亡までを物語った、軍記物語の白眉《はくび》で、序章「祇園精舎《ぎおんしょうじゃ》」はなかでも名文とされている。

> 祇園精舎の鐘の声、諸行無常《しよぎやうむじやう》の響《ひびき》あり。娑羅双樹《しやらさうじゆ》の花の色、盛者必衰《じやうしやひつすい》のことわりをあらはす。おごれる人も久しからず、ただ春の夜《よ》の夢のごとし。たけき者も遂《つひ》には滅びぬ、ひとへに風の前の塵《ちり》に同じ。（巻第一・祇園精舎）

じつは、これは覚一《かくいち》本と呼ばれる『平家物語』の冒頭である。一口に『平家物語』と言ってもたくさんの種類がある。異本が多く存在するのである。このことは、この物語の成り立ちと深くかかわっているのであろう。『徒然草《つれづれぐさ》』には、鎌倉時代のはじめ、天台座主《ざす》慈円《じえん》の食客《しよつかく》（居候）だった信濃前司《しなののぜんじ》行長《ゆきなが》という人が書き、琵琶《びわ》法師の生仏《しようぶつ》が語ったと伝える。それはそのままには信じられないけれども、鎌倉初期に元のものが書かれ、琵琶法師の語り物として語られてゆく過程でしだいに成長し、さまざまな内容の本ができたらしいことはほぼ確かである。また、その一方で、語り物としてではなく、読み物としてさらに記事を増補し、くわしくしていった人々もいたらしい。だから、『平家物語』の作者を一人に限定することはできない。ただ、どの本もこの冒頭の文句はさほどちがいはない。それだけ深く人々の心に訴えるものがあったのであろう。

『平家物語』は、生きるか死ぬか、ぎりぎりの状態に追い込まれた際の人間が試みる精一杯の生への執着を描き出して、あます所がない。しかもそれを冷静に突き放して描くというのではなく、人間の自然な情の現れとして、深い同情をもって描くのである。そのような筆づかいは、たとえば次に掲げる、鬼界《きかい》が島に一人取り残される流人《るにん》俊寛僧都《しゅんかんそうず》の必死のあがきを物語る、「足摺《あしずり》」の一節にもうかがえるであろう。

既に船出《いだ》すべしとてひしめきあへば、僧都乗つては降りつ、降りては乗つつ、あらまし事をぞしたまひける。……ともづな解《と》いて押し出せば、僧都綱に取り付き、腰になり、脇になり、丈《たけ》の立つまでは引かれて出で、丈も及ばずなりければ、船に取り付き、「さていかにおのおの、俊寛をば遂に捨てはてたまふか。これほどとこそ思はざりつれ。日頃の情《なさけ》も今は何ならず。ただ理《り》を抂《ま》げて乗せたまへ。せめては九国《くこく》（九州）の地まで」とくどかれけれども、都の御使、「いかにもかなひ候まじ」とて、取り付きたまへる手を引き退《の》けて、船をば遂に漕《こ》ぎ出す。僧都せん方《かた》なさに、渚《なぎさ》にあがり倒れ臥《ふ》し、幼き者の乳母《めのと》や母なんどを慕ふやうに、足摺りをして、「これ乗せて行け、具《ぐ》して行け」とをめき叫べども、漕ぎ行く船の習ひにて、跡は白浪ばかりなり。

（巻第三・足摺）

けれども、もともと軍記物語であるから、個人の内面的心情よりは、合戦の場での群衆の行動をいきいきと描くところに、『平家物語』の本領はあると言えるかもしれない。次に示すのは、頼政らが平家に戦いをいどんだ宇治川の「橋合戦」の一部である。

堂衆《だうじゅ》の中に、筒井の浄妙明秀《じやうめうめいしう》は、褐《かち》の直垂《ひたたれ》に黒皮威《をどし》の鎧《よろひ》着て、五枚甲《かぶと》の緒をしめ、黒漆《こくしつ》の太刀《たち》をはき、二十四差《さ》いたる黒ぼろの矢負《お》ひ、塗籠籐《ぬりごめどう》の弓に、好む白柄《しらえ》の大長刀《なぎなた》取りそへて、橋の上にぞ進んだる。大音声《だいおんじやう》をあげて名乗りけるは、「日頃は音にも聞きつらむ、今は目にも見たまへ。三井寺《みゐでら》にはその隠れなし、堂衆の中に筒井の浄妙明秀といふ、一人当千《いちにんたうぜん》の兵《つはもの》ぞや。われと思はむ人々は寄りあへや。見参《げんざん》せむ」とて、二十四差いたる矢をさしつめひきつめ散々に射る。矢庭《やには》（矢を射ているその場、転じて、即座にの意）に十二人射殺して、十一人に手負《お》ほせたれば、箙《えびら》に一つぞ残つたる。弓をばからと投げ捨て、箙も解《と》いて捨ててんげり。つらぬき脱いではだしになり、橋の行桁《ゆきげた》をさらさらさらと走り渡る。人は恐れて渡らねども、浄妙房が心地には、一条二条の大路とこそ振舞うたれ。長刀で向ふ敵《かたき》五人薙《な》ぎ伏せ、六人に当る敵にあうて、長刀中より打ち折つて捨ててんげり。そののち太刀を抜いて戦ふに、敵は大勢なり、蜘蛛手《くもで》・かくなわ・十文字、蜻蛉返《とんばう》り・水車、八方すかさず斬《き》つたりけり。矢庭に八人斬り伏せ、九人に当る敵が甲の鉢にあまりに強う打ち当てて、目貫《めぬき》の元よりちやうど折れ、くつと抜けて、河へざぶと入りにけり。頼む所は腰刀、ひとへに死なむとぞ狂ひける。（巻第四・橋合戦）

一方《いちかた》流という流派の琵琶法師たちが語った、この覚一《かくいち》本『平家物語』は全一二巻の物語ののちに、灌頂巻《かんじようのまき》という巻をとくに設けて、壇ノ浦で助けられたのち出家した建礼門院の、大原での生活、その往生《おうじょう》などをまとめて語っている。文治《ぶんじ》二（一一八六）年の四月末、後白河法皇は大原寂光院《じゃくこういん》の、その建礼門院の庵室《あんしつ》を訪れた。

女院の御庵室《あんじつ》を御覧ずれば、軒には蔦槿《つたあさがほ》這ひかかり、信夫《しのぶ》まじりの忘れ草、瓢簞《へうたん》しばしば空《むな》し、草顔淵《がんえん》が巷《ちまた》に滋《しげ》し。藜藋《れいでう》深く鎖《さ》せり、雨原憲《げんけん》が枢《とぼそ》をうるほすとも言《い》つべし。杉の葺目《ふきめ》もまばらにて、時雨《しぐれ》も霜もおく露も、もる月影に争ひて、たまるべしとも見えざりけり。後は山、前は野辺、いざさ小笹《をざさ》に風騒ぎ、世に立たぬ身の習ひとて、うきふし滋《しげ》き竹柱、都の方《かた》の言伝《ことづて》は、間遠《まどほ》に結《ゆ》へるませ垣や、僅《わつ》かに言《こと》問ふものとては、峰に木伝《こづた》ふ猿の声、賤《しづ》が爪木《つまぎ》の斧《をの》の音、これらが音信《いんしん》ならでは、正木《まさき》のかずら青つづら、くる人まれなる所なり。（灌頂巻・大原御幸《ごこう》）

寂光院は三千院《さんぜんいん》などとともに、洛北《らくほく》の古い寺院として今にいたっている。最近はとても「くる人まれなる所なり」というわけにはいかない。昼は観光客の波があとを絶たない。それでも、おそらく夜ともなれば、建礼門院が隠れ住んだ昔に返って、ひっそりと静まり返ったささやかな庭や池には、月の光がさすにちがいない。

22 山家集《さんかしゅう》

①和　歌
②三　巻
③平安末期？
④西　行
⑤岩波文庫（西行全歌集）、ソフィア

人間は誰しも生きたいと思う。けれども、一人として死をまぬがれないという運命をもって生まれてきているのも人間である。それならば、せめて自分の望むような状態で、安らかに死にたいと願う。しかし、その願いも常にかなえられるとは限らない。一寸さきは闇《やみ》というのが、人の世である。自分の行く手にどのような死が待ちかまえているかは、誰も知らない。それだけに、かねてより安らかな死を願い、その願い通りの死を迎えた人を、昔の人々は賛美した。平穏な死は仏道信仰の結果もたらされるものであり、死は西方極楽《さいほうごくらく》浄土《じょうど》世界での生に赴《おもむ》くこと、――往生《おうじょう》であると考えられたのである。そういう往生人の一人として、当時の人々に尊敬された歌僧が西行《さいぎょう》法師である。彼は生前、

願はくは花のしたにて春死なむそのきさらぎの望月《もちづき》のころ　（上・春）

と歌った。「きさらぎの望月」とは、二月十五夜である。これはお釈迦《しゃか》様が涅槃《ねはん》に入られた（入滅《にゅうめつ》した）とされる日である。陰暦のこの頃、桜の花は円《まど》かな月の下で咲きそめてい

る。花と月とをこよなく愛し、敬虔な沙門であった西行は、そのような日に死にたいと願って いた。そして、彼が実際になくなったのは、平安時代の最末期、文治六(一一九〇)年の二月一六日のことである。この年はこの日が望月であったという。なくなった場所は河内国弘川寺《かわちのくにひろかわでら》と伝える。七三歳であった。西行はそれ以前からもすぐれた歌人として知られてはいたが、このみごとな死に方によって、死後いよいよその声価が高まったと言ってよいであろう。『新古今和歌集』には、九四首の歌が採られた。この集の全作者中第一位である。これによっても、彼がいかに人々の尊敬を集めていたかがうかがえる。

『山家集』は、この西行の歌集である。個人の歌集を私家集とか、単に家集、または家集と呼ぶ。西行は僧といっても、特定の寺院に属するのではなく、高野山《こうやさん》を生活の本拠としながら、日本の各地を行脚《あんぎゃ》し、行くさきざきで庵《いおり》を結んでしばらく住んではまたよそに移るという、聖《ひじり》の境涯を送った人である。そして、その庵はしばしば人里からやや離れた山の中に営まれた。そういう場所に住みながら自身の心を見つめつづけ、それを和歌に託した彼の家集が、このような書名をもっているのは、まことにふさわしい。全体で一五五〇首あまり。編者はよくわからないが、あるいは西行自身の手になるのであろうか。平安末期、彼の六〇代の初めごろにはできていたかもしれない。

西行は俗名を佐藤義清《のりきよ》といい、兵衛尉《ひょうえのじょう》に任官し、鳥羽《とば》上皇の北面《ほくめん》の武士だった人である。

元永《げんえい》元（一一一八）年の誕生で、平清盛とおない年である。清盛の父忠盛の家にも出入りしているから、清盛とも知り合いだったであろう。その義清が、保延《ほうえん》六（一一四〇）年、二三歳のとき出家して、法名円位《えんい》、西行と号する沙門となったのである。ときの内大臣であった藤原頼長《よりなが》は、その日記に、「西行は家も豊かで、年も若く、その身に愁い悲しむこともないのに、早くから仏道に傾倒して遁世《とんせい》したので、人々は感嘆した」と記している。出家後は諸所方々を行脚しているが、前に述べたように、生活の中心地は高野山で、その信仰も真言宗《しんごんしゅう》であった。けれども、晩年は伊勢に移り住んでいる。

西行というと、旅の歌人という印象が強い。実際、彼は当時の人としてはかなり長途の旅を何度か試みている。三〇代前後に体験した一回目の陸奥《みちのく》への旅、五〇代のはじめの、中国・四国方面への旅、六九歳の高齢で出立《しゅったつ》した陸奥への旅などは、その主なものである。その他、吉野の大峰や熊野などの深山で修行することもあった。『山家集』には、当然これらの旅で詠んだ歌を多く収めている。たとえば、

鈴鹿山《すずかやま》うき世をよそに振り捨てていかになりゆくわが身なるらむ　（中・雑）

というのは、出家後さほどたっていない頃、都から伊勢にくだるとき、鈴鹿《すずか》の山中で詠んだ歌であるという。当時の鈴鹿山は山賊などが出たという話もある、恐ろしい山であった。そこを越えて未知の世界に行く心細さが率直に歌われている。

朽ちもせぬその名ばかりをとどめおきて枯野のすすき形見にぞ見る（中・雑）

という歌は、最初の奥州《おうしゅう》への旅で、宮城県岩沼にある藤原実方《さねかた》のお墓に詣《もう》でたときの作である。実方は平安中期の人、あの清少納言《せいしょうなごん》とも親しかった貴族歌人だが、陸奥守《むつのかみ》となって下向《げこう》し、この地に没した。西行は旅先でなくなった風流な貴公子をいたんで、そのお墓のまわりになびく枯野のすすきを見つめているのである。

中国・四国の旅では、真言宗の宗祖弘法大師《こうぼうだいし》空海《くうかい》の誕生の地である、香川県の善通寺《ぜんつうじ》に庵を結んだ。その庵の前に生えている松に、彼はこう呼びかけている。

久《ひさ》に経《へ》てわがのちの世をとへよ松あとしのぶべき人もなき身ぞ（下・雑）

西行には、同行《どうぎょう》（行動を共にする修行僧）の西住《さいじゅう》や、大原に住む寂然《じゃくぜん》のような心の友もいたが、それでもなお人間は本来孤独な存在なのだということを、彼は考え続けていたのであろう。そう考えたとき、花や月だけではない、松も、鳥も、鹿や猿も、すべての自然が友と観ぜられたのであろう。あるいはむしろ、それらを友と見ようとしたのではないだろうか。

23　新古今《しんこきん》和歌集

　後鳥羽院《ごとばいん》は、源平動乱の始まった治承《じしょう》四（一一八〇）年に誕生し、寿永《じゅえい》二（一一八三）年、平家一門が安徳《あんとく》天皇を連れて西国に都落ちしたのち、都にとどまっていた後白河《ごしらかわ》法皇の詔《みことのり》によって践祚《せんそ》（帝位を受け継ぐこと）した天皇である。そして、しばらくは祖父法皇が院政を執《と》り、法皇なきのちは、関白《かんぱく》や近臣が実際の政治を動かしていた。けれども、建久九（一一九八）年、一九歳で皇子の土御門《つちみかど》天皇に譲位して、上皇となると、後鳥羽院はみずから院政を執り、実質的に日本国の主としての地位を保ちつづけた。院の理想は、聖代といわれる醍醐《だいご》天皇の延喜《えんぎ》の御代《みよ》や、村上天皇の天暦《てんりゃく》の御代に立ち帰ることであった。それらの時代には摂政《せっしょう》や関白は常に在任しているとは限らなかったし、ましてや鎌倉幕府の将軍などという、目ざわりな存在はなかったのである。院は何者にも制約されず思いのままに政治を執り行うことを理想とした。

　その理想とあおぐ延喜の御門《みかど》は第一番目の勅撰《ちょくせん》和歌集である『古今《こきん》和歌集』を、紀貫之《きのつらゆき》

①和歌
②二〇巻
③元久二（一二〇五）年
④源通具・藤原有家・藤原定家・同家隆・同雅経
⑤新古典大系、ソフィア、BC

ら四人の撰者に撰《えら》ばせた。また、天暦の聖帝は後宮《こうきゅう》の梨壺《なしつぼ》に撰和歌所を設けて、梨壺の五人に、第二番目の勅撰集『後撰《ごせん》和歌集』を撰進させた。後鳥羽院はこの二代の帝王にならおうとした。文学が盛んなことは国がよく治まっていることのあらわれであるという考え方が、古くから中国や日本にはあるのである。このような考えのもとに、建仁元（一二〇一）年院の御所の内に和歌所が設けられ、寄人《よりうど》と呼ばれる役人が任命され、さらに寄人のうち、源通具《みちとも》・藤原有家《ありいえ》・藤原定家《ていか》・藤原家隆《いえたか》・藤原（飛鳥井《あすかい》）雅経《まさつね》・寂蓮《じゃくれん》の六人が撰者に指名されていた。しかし寂蓮は撰進が終わらないうちになくなったので、五人によって撰ばれた第八番目の勅撰集が、『新古今和歌集』である。

けれども、後鳥羽院は、たんに右の六人に撰進を命じただけではない。院は彼らがひとまず選んで提出した多くの歌にことごとく目を通し、あらためて自身で選びなおし、のぞいたり加えたりしたうえで、これを編纂《へんさん》させたのであった。その間に院は選ばれた歌をすべて暗記してしまったという。この集のでき上がった祝宴が元久《げんきゅう》二（一二〇五）年三月末に行われているので、ふつうこの時を『新古今和歌集』の成立としているが、切り継ぎと呼ばれる改訂作業は、その後数年にわたって続けられた。そして現在、広く読まれる本では、およそ一九八〇首近くの歌が収められている。

『新古今和歌集』の主な歌人としては、西行《さいぎょう》法師・慈円《じえん》・藤原良経《よしつね》・藤原俊成《しゅんぜい》・式子内親《しょくしないしん》

王《のう》、そして五人の撰者たちや寂蓮法師、後鳥羽院などがあげられる。院の詠では、

見わたせば山もとかすむ水無瀬《みなせ》川ゆふべは秋となに思ひけむ　（春歌上）

奥山のおどろがしたも踏みわけて道ある世ぞと人に知らせむ　（雑歌中）

などが、いかにも作者にふさわしい。「見わたせば」の歌は院が愛した水無瀬殿《みなせどの》からのながめを詠じたもの、「奥山の」は院の政治理想を表明した作である。

五人の撰者のなかで最も注目すべき名歌人は定家である。

春の夜の夢の浮橋とだえして峰に別るる横雲の空　（春歌上）

駒《こま》とめて袖うちはらふかげもなし佐野のわたりの雪の夕暮　（冬歌）

などが秀歌として知られている。「駒とめて」の歌は、『万葉集』の長忌寸奥麻呂《ながのいみきおきまろ》の、

苦しくも降りくる雨か三輪の崎佐野のわたりに家もあらなくに　（巻三）

の本歌取《ほんかど》りで、本歌の雨を雪に変えている。この技法のお手本とされる作である。

定家に次ぐ歌人は、家隆であろう。

鳰《にほ》の海や月のひかりのうつろへば浪《なみ》の花にも秋は見えけり　（秋歌上）

というのも、『古今和歌集』の古歌の本歌取りである。

『古今和歌集』の小町に匹敵《ひってき》する女性歌人を『新古今和歌集』に求めるならば、やはり式子内親王ということになるであろうか。後白河法皇の皇女で賀茂《かも》の斎院《さいいん》であった。

忘れめやあふひを草に引き結びかりねの野辺の露のあけぼの（夏歌）

は、その斎院時代をなつかしんだ詠である。「小倉《おぐら》百人一首」には、

玉の緒《を》よ絶えなば絶えねながらへば忍ぶることのよわりもぞする（恋歌一）

という、はげしい恋の情熱を歌った作が選ばれているが、生涯結婚はしなかった。式子内親王以外には、俊成卿女《きようのむすめ》（俊成の孫娘）と宮内卿《くないきよう》が女性作者の双璧《そうへき》とされていた。

下もえに思ひ消えなむ煙《けぶり》だにあとなき雲のはてぞかなしき（俊成卿女）（恋歌二）

うすくこき野辺の緑の若草にあとまで見ゆる雪のむら消え（宮内卿）（春歌上）

『新古今集』を撰ばせたのち、後鳥羽院はついに自身の意にさからう幕府の執権《しつけん》北条義時《よしとき》を討とうとして、承久《じようきゆう》三（一二二一）年夏、兵を起こした。承久の乱である。しかし、あっけなく敗れ、義時によって隠岐島《おきのしま》に移され、延応《えんおう》元（一二三九）年二月、その地でなくなった。院はこの隠岐の配所で、さらに四〇〇首ほどを除くという『新古今和歌集』隠岐本の精選作業を続けていた。この集そのものが院の生涯を物語る院自身の作品だったのである。

24 方《ほう》丈《じょう》記《き》

①随　筆
②一　巻
③建暦二(一二一二)年
④鴨長明
⑤岩波文庫、ソフィア、BC

ゆく河の流れは絶えずして、しかも、もとの水にあらず。淀《よど》みに浮ぶうたかた（あわ）は、かつ消えかつ結びて、久しくとどまりたる例《ためし》なし。世の中にある人とすみかと、またかくのごとし。

この、それこそ水の流れるような美しい響きをもった文章は、鴨長明《かものちょうめい》（本来は長明《ながあきら》と訓読した）の随筆『方丈記』の書き出しである。

長明は続いて、次のように記す。

玉敷きの都のうちに、棟《むね》を並べ、甍《いらか》を争へる、高き、いやしき、人のすまひは、世々を経て尽きせぬものなれど、これをまことかと尋ぬれば、昔ありし家はまれなり。あるいは去年《こぞ》焼けて今年作れり。あるいは大家《おほいへ》ほろびて小家《こいへ》となる。住む人もこれに同じ。所も変らず、人も多かれど、いにしへ見し人は、二、三十人が中に、わづかに一人二人なり。朝《あした》に死に、夕《ゆふべ》に生まるるならひ、ただ水の泡にぞ似たりける。

知らず、生まれ死ぬる人、いづかたより来たりて、いづかたへか去る。また知らず、仮の宿り、誰《た》がためにか心を悩まし、何によりてか目を喜ばしむる。その主《あるじ》とすみかと、無常を争ふさま、いはば朝顔の露にことならず。あるいは露落ちて花残れり。残るといへども朝日に枯れぬ。あるいは花しぼみて露なほ消えず。消えずといへども夕《ゆふべ》を待つことなし。

このように対句《ついく》が多く、漢文的な言いまわしをまじえている文体を和漢混淆《こんこう》文という。『方丈記』は、この世の中に生存する人間と、その人間が生を託する住居とが、ともにまことにはかない存在であって、たちまちのうちに滅んでしまう無常なものであるという、痛切な認識の上にたって、そういう世の中でどのような住居を構え、どういった生き方を送ることが最も人間らしい生き方であろうかという問題を追究した、住居論であり、人生論である。この作品は鎌倉時代初期、建暦《けんりやく》二（一二一二）年に執筆された。

鴨長明は平安時代の末に下鴨《しもがも》神社の神主の家に生まれた。しかし、父は長明がまだ一人前にならないうちに世を去ってしまい、長明は神主たちの社会で引き立ててくれる人もいないままに、もっぱら好きな和歌や音楽（ことに琵琶《びわ》）などの勉強に明け暮れていた。そのうちに、彼の和歌の才が後鳥羽院《ごとばいん》に注目されるようになった。院は彼を和歌所の寄人《よりうど》に任命した。長明は感激してその仕事に精励した。その精勤ぶりを認めた院は、彼を下鴨神社の摂社河合社《せっしゃただすしゃ》の禰宜《ねぎ》に任じようとした。これは本社の禰宜となる前段階の役職である。院の意向をもれ聞いた長明は感涙にむせんだ。ところが、同族鴨祐兼《かものすけかぬ》がこれに強く抗議した。いままで神社に奉仕していない長明が河合社禰宜に就任するのはおかしい、神様もお喜びにならないだろうというのである。賀茂明神は京都の守護神であり、日本の国をまもる神ともされていたから、その神様が喜ばれないと言われると、院もこの人事を強行するわけにはいかない。やむなく長明の河合社禰宜任官は沙汰止《さた》みとなり、代わりに別の末社の格を上げて、長明をその禰宜に任命しようとした。けれども、長明は、「それでは話がちがいます」といってこれを断り、やがて出家してしまったのである。

法名を蓮胤《れんいん》と号した彼ははじめ洛北《らくほく》の大原に隠れ住んだが、のちには京の南、日野山の奥に、「方丈」すなわち一丈四方の草庵《そうあん》を構えて、修行と和歌や音楽を楽しむ余生を送った。『方丈記』は、はじめに掲げた冒頭に続いて、長明自身が体験した、世の無常を痛感させる五つの災害――大火・辻風《つじかぜ》・都遷《みやこうつ》り・飢饉《ききん》・地震――の惨状を克明に描写し、都会での生活がいかに非人間的なものであるかということを論じたのちに、この日野山での方丈の庵《いおり》の生活がどんなにすばらしいかを、陶酔《とうすい》したような調子で述べる。

その所のさまをいはば、南に懸樋《かけひ》あり。岩を立てて水をためたり。林の木近ければ、爪木《つまぎ》を拾ふに乏《とも》しからず。名を音羽山《おとはやま》といふ。まさきのかづら、跡埋《うづ》めり。谷茂けれど、西晴れたり。観念のたより、なきにしもあらず。春は藤波を見る。紫雲《しうん》のごとくして西方《さいはう》ににほふ。夏はほととぎすを聞く。語らふごとに死出《しで》の山路を契《ちぎ》る。秋はひぐらしの声、耳に満《み》てり。うつせみの世を悲しむほど聞こゆ。冬は雪をあはれぶ。積もり消ゆるさま、罪障《ざいしやう》にたとへつべし。

しかし、彼は日野の閑居の礼讃《らいさん》で『方丈記』の筆を措《お》かなかった。彼はこのように草庵を愛し、閑寂《かんじゃく》の境に執着するのは、やはり仏徒として、物事に愛執するという罪を犯すことになるのではないかという疑問にとらわれはじめ、自らの心に問う。それにたいして、いや、それは罪ではないという明確な自答を得られないままに、彼は「南無阿弥陀仏《なむあみだぶつ》」と二、三遍《べん》唱《とな》えておわってしまったというのである。ここに、物事に感じやすく、しかもいつまでも陶酔してもいられない、内省的な人としての長明の風貌《ふうぼう》が浮かぶようである。

彼はおそらく同じこの日野の庵においてであろう、歌論書の『無名抄《むみようしよう》』、仏教説話集の『発心集《ほっしんしゅう》』をも著わしている。そして、建保《けんぽう》四（一二一六）年閏《うるう》六月八日世を去った。六四歳ぐらいであったという。

25 金槐《きんかい》和歌集

①和　歌
②一　巻
③建保元（一二一三）年
④源実朝
⑤古典集成

少し前までは、鎌倉の鶴岡《つるがおか》八幡宮に参詣した人は、社殿に昇る高い石段の左側に大きな銀杏《いちょう》の木があるのに目をとめたはずである。明治の末に作られた「鎌倉」という小学唱歌で、「登るや石のきざはしの　左に高き大銀杏　問はばや遠き世々の跡」と歌われた銀杏である。

鎌倉の三代将軍源実朝《さねとも》は、建保《けんぽう》七（一二一九、四月承久《じょうきゅう》と改元）年一月二七日、右大臣拝賀の日、甥《おい》に当たる鶴岡八幡別当《べっとう》の公暁《くぎょう》に襲われて、二八歳の短い生涯をおえた。その公暁が凶行直前まで隠れていたと伝えられてきた銀杏がその木であった。しかし、平成二二（二〇一〇）年三月一〇日、この大樹が根元から折れて倒れて、大きなニュースになった。

源実朝の歌集を『金槐《きんかい》和歌集』という。「金」は鎌倉の「鎌」から金偏を取ったもの、「槐」は古く中国で大臣の家には槐《えんじゅ》を植えたので大臣を「槐門《かいもん》」と呼ぶことから、大臣を意味する。つまり、「金槐」で鎌倉右大臣と呼ばれた実朝をさすことになる。別名を「鎌倉右大臣家集」ともいう。家集とは個人の歌集のことである。歌の数は三種類ある本によって異なる。藤原定家《ていか》が伝来にかかわっている本（定家所伝本という）では六六三首、『群書類従《ぐんしょるいじゅう》』に収められている本では七一九首、江戸時代の貞享《じょうきょう》四（一六八七）年に出版された本でも七一九首を収めている。

この集は実朝が二八歳で非業《ひごう》の死を遂げるまでの作品を収めたものではない。というのは、定家所伝本には、「建暦《けんりゃく》三年十二月十八日」という日付が本文の最後に記されていることから、この日までに編まれていたと考えられるからである。建暦三（一二一三）年は一二月六日に建保と改元されているので、この書き方はおかしいのだが、おそらく京都で決めた改元の知らせが鎌倉にまだ届かなかったか、届いていたが前の習慣でついうっかり旧年号を書いてしまったかのいずれかであろう。ともかく、この年実朝は二二歳である。

実朝は征夷大将軍《せいいたいしょうぐん》源頼朝の次男として、建久三（一一九二）年八月九日に生まれた。母は北条政子《まさこ》である。幼名を千幡《せんまん》といった。父頼朝がなくなったあとは、兄の頼家が将軍となった。けれども、頼家は幕府の重臣たちと対立して病を理由にやめさせられ、千幡の実朝が三代将軍とされたのである。ときに一二歳。そしてその翌年、頼家は伊豆《いず》の修善寺《しゅぜんじ》で北条氏のために殺された。実朝の身辺には幼い頃から血なまぐさい空気が立ちこめていた。

その彼が歌を詠み出したのは、いつごろだったのか。幕府の歴史書である『吾妻鏡《あずまかがみ》』によると建永元（一二〇六）年が初学《うい》びの時期というが、その前年の元久二年九月には家来の内藤知親《ともちか》が、できたばかりの『新古今和歌集』を京都から持参し、実朝は大喜びで読んでいるから、一四歳ごろにはすでに和歌に深い関心を抱いていたと知られる。それは武将でありながら、歌もそうとう巧みに詠んだ父頼朝の血を引いているせいでもあろうし、一三歳の年の暮れに妻として迎えた京都の公家《くげ》坊門信清《ぼうもんのぶきよ》の息女の影響もあるかもしれない。京から『新古今集』をもたらした知親は定家の歌の弟子であった。そのような縁で、実朝も知親を通じて定家に指導を仰いだ。といっても、実朝はついに一度も上洛《じょうらく》しなかったから、もっぱら知親に託して詠草《えいそう》を送って指導を請《こ》うたのである。定家も鎌倉には下向《げこう》しなかったから、知親を介して作歌指導書である『近代秀歌』を書き送ったりした。その他、飛鳥井雅経《あすかいまさつね》のような関東にゆかりの深い人を通じて『万葉集』を献じたりしている。

そのようにして、身は鎌倉にありながら京都の伝統的文化にあこがれ続けた実朝一四歳ごろから二二歳までに詠んだ歌の集が、『金槐和歌集』なのである。たとえば、

吹く風のすずしくもあるかおのづから山の蟬《せみ》鳴きて秋は来にけり
かもめゐる沖の白洲《しらす》に降る雪のはれゆく空の月のさやけさ
世の中はつねにもがもななぎさ漕《こ》ぐ海人《あま》の小舟《をぶね》の綱手かなしも

などの歌（引用は定家所伝本による。以下も同じ）には、季節の移ろいや人の生活の営みなどにたいする実朝のこまやかな感性がうかがえる。

けれども、「慈悲《じひ》の心を」という詞書《ことばがき》をもつ、

物いはぬよものけだものすらだにもあはれなるかなや親の子を思ふ

とか、父母に死なれた幼児が道のほとりで母を求めて泣いているのを見て詠んだという、

いとほしや見るに涙もとどまらず親もなき子の母をたづぬる

という歌、また、長雨がやむことを本尊の仏に祈った際の、

時により過ぐれば民のなげきなり八大竜王《はちだいりゅうわう》雨やめたまへ

などの作には、彼の人間的なやさしい心、政治の中心に当たるべきものとしての責任感などが率直に表現されており、都の歌人の作品からはえがたい感動をあたえる。

箱根の山を打ち出でて見れば、波の寄る小島あり。供の者、この海の名は知るやと尋ねしかば、伊豆の海となむ申すと答へ侍《はべ》りしを聞きて

箱根路《はこねぢ》をわれ越えくれば伊豆の海や沖の小島に波の寄る見ゆ

今、熱海《あたみ》の近く、十国峠《じっこくとうげ》に、この歌の歌碑が立っている。そのあたりから眺める「沖の小島」、初島の姿はいまも変わらない。

26 建礼門院右京大夫集《けんれいもんいんのうきょうのだいぶしゅう》

①和　歌
②二巻一冊
③鎌倉初期
④建礼門院右京大夫
⑤新古典全集

字の上手な女性はとくである。このように美しい字を書くからには、きっと美しい人だろうという想像を男性に抱かせる。昔の女性はなかなか男性に素顔を見せようとせず、男性は女性の消息（手紙）を読んだり、物越しに声を聞いたりして、あこがれたりがっかりしたりすることが多かったから、字の上手な女性はきっと男性にもてたにちがいない。

音楽のたしなみある女性も魅力的だ。音楽も女性の美しさをいっそうひきたてる。

平安時代の末、平清盛とその一門が権勢を誇っていた時代、その平家から出て高倉天皇の中宮《ちゅうぐう》となった徳子（建礼門院）に仕えている女房の中に、そのように字も上手で琴にも巧みな一人の女性がいた。女房名を建礼門院右京大夫という。三蹟《せき》の一人藤原行成《ゆきなり》を祖とする世尊寺《せそんじ》家に、伊行《これゆき》という能書家を父として、また、箏《そう》の琴《こと》の名手、夕霧を母として生まれた人である。字も琴も上手なはずだ。実際にも魅力のある女性だったのであろう。彼女が当時の宮廷周辺で男性に人気があっただろうことは想像にかたくない。

『建礼門院右京大夫集』は彼女の私家集である。けれども、この私家集はふつうのそれとはちがっている。歌集であるとともに、思い出の記ふう、日記ふうでもあるのだ。彼女自身、集の冒頭でこう記している。

家の集などいひて、歌よむ人こそ書きとどむることなれ、これはゆめゆめさにはあらず。ただ、あはれにも、悲しくも、何となく忘れがたくおぼゆることどものある折々《をりをり》、ふと心におぼえしを、思ひ出でらるるままに、わが目ひとつに見むとて書きおくなり。

われならでたれかあはれとみづぐきのあともし末の世に伝はらば

右京大夫はそうとうしっかりした心の持ち主だったようである。それで、そうたやすく恋などをして苦しむまいと自分に言い聞かせていたらしいのだが、その彼女の前にすばらしい公達《きんだち》が現れると、そんな決心もとたんにぐらついた。彼女は自分よりは年下のその公達が好きになってしまった。その人は、小松内大臣平重盛の息子資盛《すけもり》である。

資盛には正妻がいたので、右京大夫はその愛情をひとりじめすることはできなかった。そして、あの道綱母の場合のように子どもがいるわけではなく、彼女自身、資盛には叔母《おば》にあたる徳子に宮仕えしているのだから、資盛と公の場でいっしょになることも少なくなかったであろう。それだけにいっそう思いはつのったかもしれない。そのうちに、その宮仕えもやめてしまった。

ときは平安の最末期である。いままで平家に押されて小さくなっていた源氏が各地で立ち上がった。平家の公達は戦いに赴き、戦局が不利となると、一門は都の屋敷に火をかけて、西国へ落ちていった。

その直前には、資盛も忙しいさなかをひそかに彼女のもとを訪れて、今生《こんじょう》の別れを惜しんだ。都にとどまっていた彼女は、生け捕りにされた重衡《しげひら》(彼女はこの人とたいそう親しかった)や、資盛の兄維盛《これもり》の入水《じゅすい》の噂《うわさ》などに心を痛めていたが、やがて資盛その人も、元暦《げんりゃく》二(一一八五)年三月二四日、壇ノ浦《だんのうら》の戦いに敗れた一門と運命をともにした。

悲報はおそらく、ただちに京に届いたことであろう。覚悟していたことではあったが、彼女はしばらくのあいだ泣きくらし、経供養《きょうくよう》をして恋人の後世《ごせ》を弔《とむら》い、それから恋人ゆかりの地をさまよっては、その面影をしのんだ。

大原の寂光院《じゃくこういん》に隠れ住んでいた昔の女主人建礼門院をも訪れている。

やうやう近づくままに、山道のけしきより、まづ涙は先立ちていふ方なきに、御庵《いほり》のさま、御住まひ、ことがら、すべて目もあてられず。……秋深き山おろし、近き梢《こずゑ》どもに響きあひて、懸樋《かけひ》の水の音づれ、鹿の声、虫の音《ね》、いづくものことなれど、ためしなき悲しさなり。都は春の錦《にしき》をたち重ねて候《さぶら》ひし人々、六十余人ありしかど、見忘るる様《さま》に衰へたる墨染《すみぞめ》の姿して、僅《わづ》かに三、四人ばかりぞ候はるる。その人々にも、「さてもや」とばかりぞ、われも人も言ひ出でたりし、むせぶ涙におぼほれて、言《こと》も続けられず。

右京大夫はのちに高倉院の四宮《しのみや》である後鳥羽《ごとば》天皇の宮廷にふたたび宮仕えした。宮廷のありさまは昔とほとんど変わっていなかった。昔から知り合いの男たちはみな貫禄《かんろく》ある公卿《くぎょう》となっている。しかし、恋人の姿は求むべくもない。彼は彼女の網膜に、永遠に若々しい公達としての面影をとどめているのである。彼女はそれからもかなりながいこと、おそらく天福元（一二三三）年の頃までは生きていた。そうとうの年配だったであろう。

字が上手で弾箏も巧みだった才媛《さいえん》、右京大夫の一生は、不幸だったのだろうか。世間一般の常識からいえば、不幸だったと言うほかないであろう。彼女自身もわたしの一生は悲しみ・嘆きの連続だったと思っていたかもしれない。けれども、ある人を深く愛し、終生その思い出を美しいものとして抱き続けることができた彼女は、ある意味では幸せであったとも言えるのではないだろうか。

27 宇治拾遺物語《うじしゅうい》

①説　話
②二冊または一五冊
③鎌倉初期
④未　詳
⑤新古典大系、ソフィア、BC

小さいときに「こぶとり爺《じい》さん」や「舌切《したき》り雀《すずめ》」の話を絵本で読んだり大人に話してもらったりしたことのある人は少なくないであろう。『宇治拾遺物語』はその「こぶとり爺さん」や「舌切り雀」の話もふくまれている説話集である。

この作品は写本ではふつう二冊、江戸時代に出版された本だと八冊または一五冊、話の数は全部で一九七話。ほとんどすべての話が「今は昔」「これも今は昔」という語り出しをもっているが、なかにはただ「昔」と始まる話もあり、例外的に「後鳥羽院《ごとばゐん》の御時」とはっきりと話の時代を示した話、「旅人の宿求めけるに」と、話の時代についていっさいふれずいきなり話の世界に入っている場合などもある。話の長さもまちまちで、話の終わり方にも決まった形式はない。その点で、やはり長短はあるといっても各話ともある長さをもち、かならず「……となむ語り伝へたるとや」という形で終わる『今昔物語集《こんじやく》』とはちがっている。一番大きな違いは、『今昔物語集』が天竺《てんじく》の話の巻、震旦《しんたん》の話の巻、本朝《ほんちよう》の話の巻と、話の世界によってまとめ、さらに同種類の話を同じ巻にまとめているのにたいし、『宇治拾遺物語』はいっさいのそのような分類をすることなく、一見なんの脈絡もなく、無造作に話を集めていることである。このような形式を雑纂《ざっさん》形式という。もっとも大部分が本朝の話で、天竺や震旦の話はきわめて少ない。が、新羅《しらぎ》の話もあることは注目される。そしてまた、そうとう多くの話が『今昔物語集』や『古本《こほん》説話集』と共通する。けれども同じ文体ではない。ことに『今昔物語集』とはかなり異なっている。しかしまた、『宇治拾遺物語』だけに見いだされる話というものもそうとうある。「鬼《おに》にこぶ取らるる事」「雀報恩《ほうおん》の事」(舌切り雀)などの話もその例である。

同じ話を収める他の説話集などとの関係から、『宇治拾遺物語』はだいたい一三世紀前半には編まれていたと考えられている。しかし、その編者はまったくわからない。

さきに『今昔物語集』の項で、『宇治大納言物語《うじだいなごん》』という物語がかつて存在し、『今昔物語集』『古本説話集』『宇治拾遺物語』などは、その『宇治大納言物語』を母胎《ぼたい》として生まれたらしいと考えられていると述べた。比喩《ひゆ》的に言えば、『宇治大納言物語』は母親で、『今昔物語集』『古本説話集』『宇治拾遺物語』は兄弟の関係にあると、いちおうは考えられるのである。「宇治拾遺」という書名も『宇治大納言』と無関係ではないであろう。

では『宇治拾遺物語』の場合も、『宇治大納言物語』ができたと想像される承保《じょうほう》四（一〇七七）年以後編まれたとしか言えないかというと、この物語の場合は、さきにも述べたように、「後鳥羽院の御時」という語り出しで始まる話があるので、少なくとも今の本は後鳥羽院という呼び方が用いられ始めた仁治《にんじ》三（一二四二）年七月以後のものと考えられる。しかしまた、治承《じしょう》四（一一八〇）年一二月、平重衡《しげひら》の軍が奈良を攻撃して、東大寺・興福寺が焼失したことを、「このたび、平家の炎上」と語っている話もあることなどから、「後鳥羽院の御時」という話はあとから追加されたもので、大部分はもっと前にできあっていたのではないかと考える立場もある。結局、『今昔物語集』と同様、成立年代も編者もともに明らかではないのである。ただ、『今昔物語集』のようなかたい文体ではなく、よくこなれた和文で書き綴《つづ》られているので、編者はお坊さんではなく、貴族階級に属する人、それも決して上層貴族ではなく、庶民《しょみん》の生活感情をもそうとうよく解する、中流貴族などがふさわしいようにも思われる。生活の苦労を知らない上層貴族はおそらく関心をもちそうにもないような話もふくまれているからである。

次に掲げるのは、比叡山延暦寺《ひえいざんえんりゃくじ》の稚児《ちご》の話である。

これも今は昔、比叡の山に児《ちご》ありけり。僧達、宵のつれづれに、「いざ、かい餅《もちひ》せん（ぼた餅を作ろう）」と言ひけるを、この児、心寄せに聞きけり。さりとて、し出《い》ださんを待ちて寝ざらんもわろかりなんと思ひて、片方《かたかた》に寄りて、寝たるよしにて、出で来るを待ちけるに、すでにし出《いだ》したるさまにて、ひしめきあひたり。

この児、定めておどろかさむずらんと（きっと起こしてくれるだろうと）、待ちゐたるに、僧の、「もの申しさぶらはん。おどろかせ給へ」と言ふを、うれしとは思へども、ただ一度にいらへんも、待ちけるかともぞ思ふとて、いま一声呼ばれていらへんと、念じて（がまんして）寝たるほどに、「や、な起こしたてまつりそ。幼き人は寝入り給ひにけり」と言ふ声のしければ、あなわびしと思ひて、今一度起こせかしと、思ひ寝に聞けば、ひしひしと、ただ食ひに食ふ音のしければ、ずちなくて、無期《むご》ののちに、「えい」といらへたりければ、僧達笑ふこと限りなし。（第一二話）

「かい餅」（ぼた餅、そばがきともいう）は食べたいが、意地がきたないと思われたくないばかりに狸寝入《たぬきねい》りしていたものの、ついにがまんできなくなって、タイミングを失して起きた稚児の気持ちが、いかにも自然に書かれていて、ほほえましい。これなどもかたくるしい物の考え方にとらわれていない編者の人柄を反映しているように思われる。

28 沙《しゃ》石《せき》集《しゅう》

①説　話
②一〇巻
③弘安六(一二八三)年
④無住道暁
⑤新古典全集

お寺では法会《ほうえ》などの際に説法《せっぽう》をする。説法の上手なお坊さんは人気があった。『沙石集』は、能説（説教上手）の僧であったにちがいない無住道暁《むじゅうどうぎょう》が著わした仏教説話集である。弘安二（一二七九）年に書き始めて、同六年八月に最後の一節を記している。

では、博識の禅僧無住国師は、どんな説法をしたのであろうか。

都の勘解由小路《かでのこうじ》に利生《りしょう》あらたかなお地蔵様がいらっしゃった。京中の男女が市をなして参詣《さんけい》したが、その中に、若くてきれいな女房がいつもお参りして、お籠《こも》りをしていた。同じようにお籠りしていた若い法師がこの女房を好きになり、何とかして近づこうと思って、ある策を考えついた。女房が宵《よい》の内の勤行《ごんぎょう》のあまり疲れてうとうとしている耳元に、いかにも御本尊のお地蔵様の示現《じげん》（お告げ）らしく、「ここから下向《げこう》するとき、最初に会った人をそなたの頼りとせよ」とささやいたのである。そして立ち退いて見ていると、夜が白む頃女房は起き上がって、供の女の童《わらわ》を起こして、急いで帰っていった。

僧は、しおほせつ（うまくやった）と思ひて、出で合ひて行き逢《あ》はんとするほどに、履物《はきもの》を置き失ひて、尋ぬれども見えず。遅かりぬべければ、履物かたかた（片方ずつちがったものを）履きて、先々下向《げかう》する方を見置きて、勘解由小路を東へ行かんずらんと、走り出でて見るに、なし。

この女房は、それもしかるべき因縁だったのだろうか、烏丸《からすまる》を南に向かって行ったのである。そして、有明《ありあけ》の月の光で見ると、供の者四、五人ばかりを連れて、馬に乗っている入道に行き合った。立ち止まって物を言いかけたそうな女房の様子を見て、入道は馬から下りて、「なにか私におっしゃることがおありですか」と尋ねる。女房はすぐには言い出しかねていたが、しばらくして、女の童にこう言わせた。

「申すにつけて、憚《はばか》り覚え侍《はべ》れども、勘解由小路の地蔵に、この日来《ひごろ》詣《まう》で申すことの侍りつるが、『この暁下向の時、はじめて逢ひたらん人を憑《たの》め』と、たしかの示現をかうぶりて侍るを、申し出づるにつけて憚り侍れども、申さでもまたいかがと思ひて」。

そして、ひどく恥ずかしげな様子である。この入道は多年つれそっていた妻に死なれて三年たったが、お地蔵様のお計らいに任せて再婚しようと思って、まだ後妻をもらっていなかったのである。そして、地蔵堂へ参詣する途中でこういうことがあったのだから、とかく言うまでもないと、そのまま女房を馬に乗せて、家に帰った。いなかに領地などをもって、なかなか豊かな「武士入道」（もともと武士の出家者）であった。

ところで、女房の耳元に示現をささやいた、あの若い法師はどうなっただろう。

さてこの法師は、縦様《たてさま》に走り、横様に走り、履物かたかた履きて、汗を流し、息を切りて走りめぐれども、なじかは行き逢《あ》ふべき。夜も明けぬれば、あまねく人に問ふに、「さる人はしかしかの所へこそおはしつれ」と言ひければ、心のあられぬままに、その家の門に行きて、「地蔵の示現にはあらず。法師が示現をこがましく」とののしりけれども、「ここは何事ぞや。物狂ひか」と言ふ人こそあれ、用ゐる人はなし。心濁れるは益なし。信心深くして、仏の御詞《おんことば》と仰ぎければ、この女房は思ひのごとく、所望叶《かな》ひけり。大聖《だいしゃう》（仏）の方便《はうべん》めでたくこそ。（巻二・六、地蔵菩薩《ぼさつ》種々利益《りやく》の事）

信州のある山寺にいた犬が五匹の子犬を生んだ。母犬はそのうちの一匹を憎んで、乳ものませず、嚙《か》みつくので、その子犬は痩《や》せこけていた。坊の人は母犬を憎らしがって打ったが、ある夜、人々が同じ夢を見た。母犬がこう言うのである。「前生私はなにがしという遊女《ゆうじょ》で、五人の愛人をもっておりましたが、そのうち四人は情があったので愛しあっておりましたのに、一人だけは私を困らすことばかりでしたので、憎らしく思って過ごしました。その五人の愛人が五匹の子犬です。四匹は昔の情のせいで、乳をのむのもいとおしく、いやなことがありませんが、あの一匹は昔も気に入らなかったので、乳をのむのもつらく憎らしくて、皆様がどのように私のことをお憎みになっても、この心は変わらないのでございます。あの憎らしかった男の甥《おい》が、明日この子犬を取りにまいるでしょう」。

翌朝、はたして在俗《ざいぞく》の人（出家してない人）がやってきて、子犬をほしがった。

「いづれにても一つ選《え》りて取れ」と言ふに、「瘦せて候へども、この犬はけなりげ（丈夫そう）に見え候へば、いとほしく候」とて、悪《にく》まれ子を取る。

人々は昨夜の夢のことを思い合わせて、甥に遊女のことなどを問うと、ことごとく一致した。甥は「私を養育した恩に報いましょう」と言って、子犬を抱いて立ち去った。（巻七・九、前業《ぜんごふ》の酬《むくい》たる事）

『沙石集』という書名の由来は、序文にあきらかである。

かの金《こがね》を求むる者は沙《いさご》（砂）を集めてこれを取り、玉を翫《もてあそ》ぶ類《たぐひ》は石を拾ひてこれを磨く。

無住にとって、説話は沙や石で、仏の教えこそは金や玉だったのだろうが、しかし彼は沙や石そのものも愛していたようにも思われる。

29 徒然草《つれづれぐさ》

①随 筆
②二 巻
③鎌倉末期頃
④兼 好
⑤新古典大系、ソフィア、BC

つれづれなるままに、日暮らし硯《すずり》に向かひて、心にうつりゆくよしなしごとを、そこはかとなく書き付くれば、あやしうこそものぐるほしけれ。

おそらく、日本の古典文学の中でこれほどよく知られた文章も少ないであろう。いうまでもなく、兼好《けんこう》法師の『徒然草』の序段と呼ばれる冒頭である。

冒頭につづく第一段で、兼好は次のように言う。

いでや、この世に生れては、願はしかるべきことこそ多かめれ。

そしてまた、「法師ばかり羨《うらや》ましからぬものはあらじ。『人には木の端《はし》のやうに思はるるよ』と清少納言《せいせうなごん》が書けるも、げにさることぞかし」と他人事のように言い、「手（筆蹟）など拙《つたな》からず走り書き、声をかくして拍子《ひやうし》取り、いたましうするものから、下戸《げこ》ならぬこそをのこはよけれ」と結ぶ。

また、「よろづにいみじくとも、色好まざらん男は、いとさうざうしく（あじけなく）、玉の巵《さかづき》の当《そこ》なきここちぞすべき」（第三段）とさばけたことを言うかと思えば、「百薬の長とはいへど、よろづの病は酒よりこそおこれ。憂《うれ》へ忘るといへど、酔《ゑ》ひたる人ぞ、過ぎにし憂《う》さをも思ひ出でて泣くめる」（第一七五段）と、酒の害悪を論じ、「世の人の心まどはすこと、色欲にはしかず。人の心は愚かなるものかな」（第八段）と、色好むことを戒《いまし》めもする。いったいどうなっているのだろう。

けれども、このように前後矛盾し、一貫性のないのが、随筆の随筆たる所以《ゆえん》である。『徒然草』は日本古典の随筆の典型なのである。これ以前に、随筆としては清少納言の『枕草子《まくらのそうし》』があった。兼好自身の愛読書でもあっただろう。さきに引いた第一段の中での「清少納言が書ける」というのも『枕草子』のことであるし、「折節《をりふし》の移り変はるこそ、物ごとにあはれなれ」という書き出しの第一九段では、「言ひ続くれば、みな源氏物語・枕草子などにこと古《ふ》りにたれど、同じこと、また今さらに言はじとにもあらず」とも言い訳している。『枕草子』は明らかに『徒然草』に深い影響を及ぼしているのである。

それでは、『徒然草』は『枕草子』の亜流かというと、決してそうではない。『枕草子』は清少納言という感受性の鋭い女性がいなければ生まれなかった作品である。そして、『徒然草』は兼好という、少々皮肉《ひにく》っぽい隠者《いんじゃ》でなければ書けなかった随筆なのである。

試みに、その女性論を見よう。

「女の物言ひ掛けたる返事《かへりごと》、とりあへずよきほどにする男はありがたきものぞ」とて、亀山院の御時、しれたる女房ども、若き男達の参らるるごとに、「ほととぎすや聞き給へる」と問ひて心みられけるに、なにがしの大納言とかやは、「数ならぬ身は、え聞き候はず」と答へられけり。堀川内大臣殿は、「岩倉にて聞きて候ひしやらん」と仰せられたりけるを、「これは難なし。数ならぬ身、むつかし」など定めあはれけり。

すべてをのこをば、女に笑はれぬやうに生《お》ほし立つべしとぞ。「浄土寺前関白殿《じやうどじのさきのくわんばく》は、幼くて、安喜門院《あんきもんゐん》のよく教へまゐらせさせ給ひけるゆゑに、御詞《ことば》などのよきぞ」と、人の仰せられけるとかや。山階《やましな》左大臣殿は、「あやしの下女《しもをんな》の見たてまつるもいと恥づかしく、心づかひせらるる」とこそ仰せられけれ。女のなき世なりせば、衣文《えもん》も冠《かむり》もいかにもあれ、引きつくろふ人も侍《はべ》らじ。

かく人に恥ぢらるる女、いかばかりいみじきものぞと思ふに、女の性《しやう》は皆ひがめり。人我《にんが》の相（我執）深く、貪欲《とんよく》はなはだしく、物の理《ことわり》を知らず。ただ迷ひの方《かた》に心も早く移り、詞も巧みに、苦しからぬことをも問ふ時は言はず。用意あるかと見れば、またあさましきことまで、問はず語りに言ひ出《いだ》す。深くたばかり飾れることは、男の智恵にもまさりたるかと思へば、そのこと、跡より顕《あら》はるるを知らず。すなほならずして拙《つたな》きものは女なり。その心に随ひてよく思はれんことは、心憂かるべし。されば、何かは女の恥づかしからん。もし賢女あらば、それもものうとく、すさまじかりなん。ただ迷ひを主《あるじ》としてかれに随ふ時、やさしくもおもしろくも覚ゆべきことなり。（第一〇七段）

これを読んだ女性たちは柳眉《りゅうび》を逆立てるにちがいない。そしてこんなふうにつぶやくことであろう――「兼好はよほど女性に恨《うら》みがあるんだわ。きっともてなかったんだわ」。しかし、兼好にも理想的女性像は抱かれていた。それはたとえば次のようなものである。

九月二十日《ながづき》の頃、ある人にさそはれたてまつりて、明くるまで月見ありくこと侍りしに、おぼし出づる所ありて、案内《あんない》せさせて入り給ひぬ。荒れたる庭の露しげきに、わざとならぬ匂《にほ》ひしめやかにうち薫《かを》りて、忍びたるけはひ、いとものあはれなり。

よきほどにて出で給ひぬれど、なほ事ざまの優に覚えて、物の隠れよりしばし見ゐたるに、妻戸を今少し押し開けて、月見るけしきなり。やがて掛け籠《こも》らましかば、くちをしからまし。跡まで見る人ありとはいかでか知らん。かやうのことは、ただ朝夕の心づかひによるべし。その人、ほどなく失せにけりと聞き侍りし。（第三二段）

山階左大臣はすべての女性に対して「心づかひせらるる」と言ったというのだが、兼好は「朝夕の心づかひ」ある女性を理想としたのであった。「心づかひ」といい、「用意」という、それは人間関係を円滑に運ぶ潤滑油《じゅんかつゆ》のようなものである。そういうものを尊重する兼好の物の考え方は、『源氏物語』全体を流れる「物のあはれ」の精神に近いのである。しかし、それればかりではない。兼好は紫式部がはっきりとした形では自覚していなかったものを自覚していた。

さきにかかげた痛烈な女性論の中で、兼好は女性について「物の理を知らず」と言っていた。では、彼は「物の理」を知っていたのか。少なくとも、彼はそれを知ろうとしたのであろう。『徒然草』には「理」という言葉がしばしば用いられている。「理」はこの作品のキー・ワードなのである。兼好にとって、「物の理」は「変化《へんげ》の理」（第七四段）と解されていたのである。この世にありとあらゆる事物は、すべて時間の経過とともに変化する、決して常住ではありえない（同じ状態に止まってはいない）という認識に到達していたのである。それはあの鴨長明《かものちょうめい》が『方丈記《ほうじょうき》』の冒頭で述べたのと同じ、無常の観念であったが、兼好の場合は徹底している。

今日はそのことをなさんと思へど、あらぬ急ぎまづ出《い》で来てまぎれ暮らし、待つ人は障《さは》りありて、頼めぬ人は来《き》たり。頼みたる方のことは違《たが》ひて、思ひよらぬ道ばかりは叶《かな》ひぬ。煩《わづら》はしかりつることは事なくて、易《やす》かるべきことはいと心苦し。日々に過ぎ行くさま、かねて思ひつるには似ず。一年《ひととせ》の中《うち》もかくのごとし。一生の間も、またしかなり。かねてのあらまし、皆違《たが》ひゆくかと思ふに、おのづから違はぬこともあれ

ば、いよいよ物は定めがたし。不定《ふぢやう》と心得ぬるのみ、まことにて違はず。（第一八九段）

兼好は世の中をいっさいは不定と心得たうえで、短い人生を楽しもうとしたのである。すると、すべて物事の両面が見えてきたのだ。酒は害悪がある。しかし人と共に酒を飲むことは、その人をよく知る楽しみをもたらす。女性はうとましい。けれども女性の魅力を解しない男はじつにつまらない。そのように、心に去来するさまざまなことを、彼は「つれづれなるままに」書きつけた。鎌倉時代の末の頃であった。

彼はこの中で、「命長ければ辱《はぢ》多し。長くとも四十《よそぢ》に足らぬほどにて死なんこそ、めやすかるべけれ」（第七段）と書いた。けれども、人の和歌の批評をしたりして、少なくとも南北朝時代の観応《かんのう》三（一三五二）年まで、おそらく七〇歳くらいまでは生きていただろうと考えられている。

30 太平記《たいへいき》

①軍記物語
②四〇巻
③南北朝時代
④未　詳
⑤岩波文庫、BC

落花の雪に踏《ふ》み迷ふ、片野《かたの》（交野）の春の桜狩り、紅葉《もみぢ》の錦《にしき》を着て帰る、嵐の山の秋の暮、一夜を明す程だにも、旅宿《たびね》となれば物憂《ものう》きに、恩愛の契《ちぎ》り浅からぬ、我が故《ふる》郷《さと》の妻子をば、行末《ゆくへ》も知らず思ひ置き、年久しくも住み馴《な》れし九重《ここのへ》の帝都をば、今を限りと顧《かへり》みて、思はぬ旅に出でたまふ、心の中《うち》ぞ哀れなる。

リズミカルな七五調のこの文章は、日野俊基《ひののとしもと》が鎌倉幕府の出先機関である六波羅《ろくはら》に捕えられて、関東へ護送されてゆく旅を述べた、『太平記』巻二の道行文《みちゆき》の冒頭である。もう少し、この続きを読んでみよう。

憂きをば留めぬ相坂《あふさか》（逢坂）の関の清水に袖濡《そでぬ》れて、末は山路を打出《うちで》の浜、沖を遥かに見渡せば、塩ならぬ海にこがれ行く身を浮舟の浮き沈み、駒《こま》もとどろと踏《ふ》み鳴らす、勢多《せた》の長橋打渡り、行きかふ人に近江路《あふみぢ》や、世のうねの野に鳴く鶴も、子を思ふかと哀れなり。時雨《しぐれ》もいたく森山（守山）の、木《こ》の下《した》露に袖濡れて、風に露散る篠原《しのはら》や、篠分くる道を過ぎ行けば、鏡の山は有りとても、涙に曇りて見え分かず、物を思へば夜《よ》の間《ま》にも、老蘇《おいそ》の森の下草に、駒を止《とど》めて顧《かへりみ》る、古郷《ふるさと》を雲や隔《へだ》つらん。

逢坂《おうさか》の関・打出の浜・塩ならぬ海（琵琶湖《びわこ》）・勢多の橋・近江路・うねの野・守山・篠原・鏡山・老蘇の森など、歌枕と呼ばれた名所の数々が、縁語や掛詞《かけことば》によって綴《つづ》られてゆく。有名な古歌も随所に引かれている。『平家物語』巻一〇の、平重衡《しげひら》の「海道下《くだり》」をお手本としているのだが、それに劣らぬ名文として、古来、愛唱する人は少なくない。

『太平記』は南北朝の動乱を語った、全四〇巻の軍記物語である。日本歴史にいう南北朝時代とは、日本の皇室が南朝（大覚寺統《だいかくじとう》）と北朝（持明院統《じみょういんとう》）とに分かれ、それにともなって公家《くげ》社会も武家たちも両派に分かれて、日本国中いたるところで内乱状態がつづいた時代である。ふつう、西暦一三三六年八月、足利尊氏《あしかがたかうじ》に守《も》り立てられて光明《こうみょう》天皇が践祚《せんそ》し、同じ年の一二月二一日、後醍醐《ごだいご》天皇が吉野山に入ってから、一三九二年閏《うるう》一〇月二日、南朝の後亀山天皇が吉野から京都に還幸（天皇が都へ帰ること）するまでの五七年間をこう呼んでいる。しかし、このように皇室が分裂する原因は、後嵯峨院《ごさがいん》が、後深草院《ごふかくさいん》と亀山院の二人の皇子のうち、弟の亀山院の子孫が皇位を継承するようにと遺言してなくなったと言われることにある。後深草院の系統を持明院統、亀山院の系統を大覚寺統と呼ぶ。持明院統は当然この後嵯峨院の遺言と称するものを認めようとはしなかったので、兄弟の院在世中から紛糾《ふんきゅう》は絶えなかった。そこで鎌倉幕府の執権《しっけん》北条氏は、両統からかわるがわる皇位に即《つ》くということにしてはどうでしょうかと提案した。これを両統迭立《てつりつ》と呼ぶ。しかし、これも円滑にはいかなかった。いったん一方が皇位に即くと、なかなか相手には渡したがらないのである。鎌倉時代の末の文保《ぶんぽう》二（一三一八）年、持明院統の花園天皇の譲りを受けた大覚寺統の後醍醐天皇は、臣下でありながらこのように皇位継承に口出しする北条氏を滅ぼしてしまおうと決意した。時の執権は愚かで見識がないとされた高時入道である。

『太平記』は、この後醍醐天皇の復古的な親政から説き起こして、正中《しょうちゅう》元（一三二四）年の正中の変という、幕府打倒の陰謀の失敗、元弘《げんこう》元（一三三一）年の元弘の乱という、南北朝動乱の前兆ともいうべき内戦から、建武《けんむ》元（一三三四）年の建武の中興、北条時行《ときゆき》が鎌倉を攻めた中先代《なかせんだい》の乱を経て、足利尊氏の挙兵、前に述べた南北朝時代の始まりから、一三三九年八月、後醍醐天皇が吉野に崩《ほう》じ、一三五八年には尊氏も没し、一三六七年、その後継者義詮《よしあきら》も死に、尊氏の孫義満《よしみつ》を補佐する役として、執事《しつじ》細川右馬頭頼之《うまのかみよりゆき》の権威が行き届き、天下は治まるきざしを見せたという所で、筆を措《お》いている。結局、南北朝時代以前から南北朝時代のなかばまで、およそ五〇年間にわたる動乱の世を描いた、歴史書にもかよう軍記物語である。作者としては、小島法師や玄恵《げんえ》法印、恵鎮上人《えちんしょうにん》などの名が挙げられるが、おそらく複数の人々によって、一四世紀の末近くに成ったのであろう。

『太平記』には、じつに大勢の歴史上の人物が登場しては消えてゆく。さきに述べた後醍醐天皇・足利尊氏は言うまでもないが、新田義貞《にったよしさだ》・楠木正成《くすのきまさしげ》・名和長年《なわながとし》・児島高徳《こじまたかのり》・高師直《こうのもろなお》・佐々木道誉《ささきどうよ》などの武将、大塔宮護良親王《おおとうのみやもりなが》、北朝の光厳《こうごん》法皇などの皇族、その他多くの武士や僧俗が、大きく変わる歴史の歯車の一つ一つにも似て、さまざまな動きを見せる。佐渡で殺された日野資朝《ひのすけとも》の一子阿新丸《くまわかまる》が父の仇《あだ》を討つ話は、スリルに満ちている。女性の登場することは概して少なく、いずれかと言えば殺伐《さつばつ》として男っぽい世界だが、乱世に翻《ほん》弄《ろう》される何人かの美しい女性もいないわけではない。そしてまた、いたるところで古代中国の故事を引いて、事件や人々の行動を論評する傾向が強い。そのような性質から、武士が支配階級の頂点に立った江戸時代には、この書物は、国家の興亡を知るための史書として、また武士の精神をやしなう書として愛読されたのであった。そして、その読者層は武士たちにとどまらず、民衆にも及んだのである。講釈師《こうしやくし》、講談師は、『太平記』を読んで聞かせる、太平記読みから始まったとされている。

31 義《ぎ》経《けい》記《き》

①軍記物語
②八 巻
③室町中期？
④未 詳
⑤新古典全集

判官《ほうがん》びいきという言葉がある。源平の戦いで多くの輝かしい手柄を立てながら、兄の頼朝にうとまれて、ついに奥州《おうしゅう》の平泉で自害した悲劇の英雄、九郎判官源義経をひいきする心情、それからさらに一般的に弱い者に同情する気持ちをさす言葉である。『義経記』は判官びいきが生んだ、この悲劇の英雄の一代記である。作者はわからないが、おそらく室町時代の中頃までにはできあがっていたであろう。

すでに『平治《へいじ》物語』の項で、平治《へいじ》の乱での左馬頭《さまのかみ》源義朝の敗死後、常盤御前《ときわごぜん》が今若《いまわか》・乙若《おとわか》・牛若《うしわか》の三人の幼児をつれて、いったんは大和国《やまとのくに》へ落ちのびたが、やがて六波羅《ろくはら》の平清盛のもとに名のって出て、その身は清盛に愛されるようになり、三人の子どもは助命されたということが語られているのを知ったが、『義経記』は、その牛若が鞍馬山《くらまやま》の東光坊《とうこうぼう》というお寺に入れられ、のちに遮那王《しゃなおう》と名づけられて、学問はそっちのけにして、日夜かたきの平氏一門を滅ぼすために武芸を磨いていたこと、金売り吉次《きちじ》に伴われ、藤原秀衡《ひでひら》を頼って奥州へ下ったこと、京にひそかに上って、兵法家鬼一法眼《おにいちほうげん》の家に入り込んだこと、武《む》蔵坊弁慶《さしぼうべんけい》と主従の約束をすること、兄頼朝が平氏追討《ついとう》の兵を挙げると、奥州からかけつけて感激の対面をして、かずかずの武勲《ぶくん》をあげたが、梶原景時《かじわらかげとき》の讒言《ざんげん》によって鎌倉に入れてもらえず、都をも落ちてゆくまでを、巻一から巻四までの前半で語っている。

京の五条の橋の上　大の男の弁慶が　長い薙刀《なぎなた》振り上げて　牛若めがけて切りかかるというのは、能の「橋弁慶」にもとづく歌で、この『義経記』では、九郎御曹司《おんぞうし》義経と弁慶が対決するのは、清水寺《きよみずでら》の舞台の上である。

引《ひ》いつ進《すす》んづ討ち合ひける間、始めは人もおぢて寄らざりけるが、後には面白さに行道《ぎやうだう》をするやうに付きてめぐり、これを見る。他人《よそひと》言ひけるは、「そもそも児《ちご》が勝《まさ》るか、法師が勝るか」「いや、児こそ勝るよ。法師は物にてもなきぞ。はや弱りて見ゆるぞ」と申しければ、弁慶これを聞きて、「さてははや、我は下になるごさんなれ」とて、心細く思ひける。御曹司も思ひきり給ふ。弁慶も思ひきつてぞ討ち合ひける。

（巻第三）

巻五から巻八までは、義経が頼朝の追及をのがれて吉野に逃げ込んだりしたあげく、北陸道ぞいに陸奥《みちのく》へ落ちてゆくが、秀衡の死後その子泰衡《やすひら》にそむかれて、衣川《ころもがわ》の戦いで自害するまでが描かれる。佐藤忠信の忠義、静御前《しずかごぜん》の悲しい運命なども語られている。

白拍子《しらびょうし》の静は義経の子を身ごもっていたので、母の磯《いそ》の禅師《ぜんじ》とともに鎌倉へ連行され、赤子を産んだが、その子は男子だったので、鎌倉の由比ヶ浜《ゆいがはま》で殺された。静は頼朝の命で、鶴岡八幡宮社頭で舞う。彼女は義経への思いを白拍子の歌に託した。

しづやしづ賤《しづ》のをだまき繰り返し昔を今になすよしもがな
吉野山峰の白雪踏み分けて入りにし人のあとぞ恋しき　（巻第六）

衣川の合戦では、弁慶は奮戦のすえに壮烈な立ち往生（立ったまま死ぬこと）を遂げた。

弁慶……「囃《はや》せや殿原《とのばら》達、東《あづま》の方《かた》の奴原《やつばら》に物見せん。若かりし時は叡山《えいざん》にて由《よし》ある方には、詩歌管絃《しいかくわんげん》の方にも許され、武勇の道には悪僧の名を取りき。一手舞うて東の方のいやしき奴原に見せん」とて、鈴木兄弟に囃させて、

うれしや滝の水、鳴るは滝の水、日は照るとも絶えずとふたり、東の奴原が鎧冑《よろひかぶと》を
首もろともに衣河に斬《き》りつけ流しつるかな

とぞ舞うたりける。（中略）

武蔵は敵《かたき》を打払《うちはら》ひて、薙刀《なぎなた》をさかさまに杖に突きて、二王立ちに立ちにけり。ひとへに力士のごとくなり。一口笑ひて立ちたれば、「あれ見給へあの法師、我等を討たんとてこなたをまぼらへ、しれ笑ひしてあるはただごとならず。近く寄りて討たるな」とて、近づく者もなし。さる者申しけるは、「剛《かう》の者は立ちながら死することとあ

るといふぞ。殿原当りて見給へ」と申しければ、「われ当らん」といふ者もなし。ある武者馬にてあたりを馳《は》せければ、とくより死したる者なれば、馬に当りて倒れけり。……立ちながらすくみたることは、君の御自害のほど、人を寄せじとて守護のためかと覚えて、人々いよいよ感じけり。（巻第八）

鎌倉幕府の歴史を記した『吾妻鏡《あずまかがみ》』によると、義経が衣川の館《たち》で自害したのは文治五（一一八九）年閏《うるう》四月三〇日のことである。泰衡によって、その首は五月二二日鎌倉に届けられた。しかし、その年の秋、頼朝は陸奥に兵を進めてこの地を平定した。逃れた泰衡は家来に殺された。

こうして、義経主従は衣川で死んだ。しかし、ほんとうは彼らはここを逃れて、津軽《つがる》海峡を越えて蝦夷《えぞ》地（北海道・サハリン）に渡り、さらに大陸に渡ったのだという伝説もある。そして、ジンギスカンは義経の生まれかわりだともいうのである。悲運の英雄に寄せる人々の愛惜《あいせき》の思いがそのような伝説をもはぐくんだのであった。

32 曽我《そが》物語

①軍記物語
②一二巻
③室町時代
④未 詳
⑤新古典全集

すでに鎌倉幕府の主《あるじ》であった源頼朝が朝廷によって征夷大将軍《せいいたいしょうぐん》とされたのは、建久三(一一九二)年七月のことである。その翌年の建久四年五月、彼は富士の裾野《すその》で大規模な狩りを催した。そのさなか、曽我《そが》十郎祐成《すけなり》と五郎時致《ときむね》の兄弟が、父の敵工藤祐経《くどうすけつね》を討った。祐成はその直後殺され、時致は捕えられて頼朝の前に引き出されて、斬《き》られる。『曽我物語』は、この兄弟による敵討ちを、関東武士たちの歴史を背景として語った語り物である。

曽我兄弟の父は河津《かわづ》三郎祐重《すけしげ》といった。工藤祐経とはいとこであり、義理の兄弟にも当たる一族である。祐重の父伊東祐親《すけちか》は、相続問題で祐経の父祐継《すけつぐ》と争ったことがあったが、祐継の権利が認められたので、ひそかに箱根権現《ごんげん》の別当《べっとう》を説得して、祐継を調伏《ちょうぶく》してもらう。寿命を絶つ祈禱《きとう》をさせたのである。その効験あって、祐継は病に冒《おか》され、祐親に後事を託して死んだ。祐親はその後、まだ幼かった祐経の後見をし、自分の娘をもめあわせたが、祐継の所領を横領してしまう。そこで今度は祐親と祐経の舅《しゅうと》・婿《むこ》の間で裁判沙汰《ざた》が起こった。祐経に理があったのだが、祐親は賄賂《わいろ》を有力者に贈っていたので、問題の領地を二人が半分ずつ分けるということで決着した。しかし、祐経はそれを不服として、祐親を討とうと考えたので、祐親は対抗上、京都に住むことの多かった祐経が伊豆《いず》の本国に入れないように守りを厳しくし、祐経の妻になっていた娘を取り返して、土肥遠平《といとおひら》と結婚させた。そのような祐親の仕打ちを恨《うら》んだ祐経は、長年の郎等《ろうどう》である大見小藤太《おおみのことうた》・八幡三郎《やはたの》に、狩りをしていた祐親の嫡子《ちゃくし》河津三郎を遠矢で射させたのであった。

河津三郎が非業《ひごう》の死を遂げたのち、その妻は幼い一万と箱王の二人の子を連れ子として、一族の曽我太郎祐信《すけのぶ》と再婚した。河津三郎の遺児が曽我を名のっているのはそのためである。

工藤祐経が兄弟の父を郎等に狙《ねら》い討ちさせた頃、この伊豆の地には平治《へいじ》の乱で遠流《おんる》された頼朝がいた。河津三郎が命を落とした狩りも、頼朝を慰めるためのものであった。その頼朝はひそかに美人の噂《うわさ》の高かった伊東祐親の三女のもとに通い、二人の間には男子が生まれた。京に上っていた祐親は、久しぶりに帰国してそのことを知るとたいそう怒って、若君を川の淵《ふち》に沈めて殺し、三女を別の男にあたえてしまった。さらに頼朝をも夜討ちにしようとしたので、頼朝は伊東を出て、北条の時政のもとに身を寄せた。そして、ここで時政の娘政子を妻とするのである。その頼朝が、治承《じしょう》四（一一八〇）年八月、平家を討とうとして立ち上がったことは、すでに『平家物語』の項で述べた通りである。

石橋山の戦いでは敗北を喫したが、房総半島に逃れ、やがて鎌倉の主となって、関東一円を勢力下に収めた。頼朝はにくい伊東入道の首をはねたが、さらに工藤祐経の告げ口によって知った、入道の孫である一万・箱王の幼い兄弟をも殺させようとした。しかし、畠山重忠《はたけやましげただ》がわが身に替えてもと、兄弟の助命を懇願して、頼朝もようやく二人を許した。

危ない命を助かった一万は、一三歳のときに元服《げんぷく》して曽我十郎祐成と名のった。箱王は母の命によって、箱根山上の箱根権現に修行のために登山させられ、ゆくゆくは出家すべきものとされていたが、父の敵工藤を討とうと堅く決意していた箱王は、ひそかに北条時政を烏帽子親《えぼしおや》として元服し、曽我五郎時致と名のった。そのことを怒って、母は勘当《かんどう》する。

兄の祐成には大磯の遊女の長者（頭分。宿駅の長でもある）の娘だった虎、弟の時致には鎌倉の化粧坂《けわいざか》の遊女（後には少将といったと伝える）の恋人もいた。母はもとより、それら愛する人たちとの永久の別れを覚悟して、兄弟は狩場に潜入し、ついに目ざす敵の工藤を討ったのである。

「遠からん人は音にも聞け。近からん者は目にも見よ。伊豆国の住人伊東二郎祐親が孫、曽我十郎祐成、同じく五郎時致とて、兄弟の者ども、君の屋形《やかた》の前にて、親の敵、一家の工藤左衛門尉《さゑもんのぜう》祐経を打取り、まかり出づる。われと思はん人々は打ちとどめ、

高名《かうみやう》せよ」と言へども、昼の狩座《かりくら》に疲れければ、音もせず。（巻第九、祐経にとどめさす事）

この兄弟の物語も、語り物として瞽女《ごぜ》（盲目の女性芸能者）などに語られたようである。室町時代にできた『七十一番職人歌合』という本を見ると、鼓《つづみ》を打ちながら、「宇多《うだ》天皇に十一代の後胤《こういん》、伊東が嫡子に河津の三郎とて」と語っている瞽女の姿が描かれている。語り物の常として、さまざまな本が伝えられているが、ふつう読まれるかな本は室町時代にできあがったものらしい。作者はわからない。艱難辛苦《かんなんしんく》のすえに本懐《ほんかい》を達しながら、結局は非業の死を遂げた兄弟の霊にたいする、人々の畏怖《いふ》の念（これを御霊《ごりよう》信仰という）と、箱根権現への信仰とが、この物語を育てたのであった。だから、できあがるまでには大勢の人々がかかわっているのであろう。

本筋は曽我兄弟の仇討《あだう》ちだが、その間には山野に荒馬を馳《は》せるたけだけしい関東武士たちの姿がいきいきと描かれる。この物語のおもしろさはそのようなところにもあるのだ。

33 隅田川《すみだがわ》

①謡曲
②一曲
③室町中期
④観世元雅
⑤新古典大系(謡曲百番)、BC(謡曲・狂言)

現代では、大きな河川にも鉄やコンクリートの橋がかけられて、交通にさしつかえないようになっている。けれども、昔は橋をかけることは大変だった。かけても洪水などで流されてしまうこともしばしばであった。だから、渡し舟によって川の両岸を結ぶことが少なくなかった。渡し舟に乗る人はじつにさまざまだったであろう。もとより土地の人々も多かったろうが、また各地からの旅人も少なくなかったにちがいない。そのだれもがめいめいの人生を背負っていたのである。いわば、人生の縮図がそこにはある。

能《のう》の「隅田川」は、昔は武蔵国《むさしのくに》と下総国《しもうさ》の境であった隅田川の渡し舟の中、そして渡し場でしめやかに語られる悲劇である。

ある年の三月一五日、都から下ってきた旅人(ワキツレ)が隅田川の渡し場にたどり着いて、渡し守(ワキ)に、あとから都の女物狂いが下ってくることを告げる。やがて登場する狂女(シテ)は、次のように名のる。

これは都北白河に、年経て住める女なるが、思はざるほかにひとり子を、人商人《あきびと》にさそはれて、行くへを聞けば逢坂《あふさか》の、関の東《ひがし》の国遠き、東《あづま》とかやに下りぬと、聞くより心乱れつつ、そなたとばかり思ひ子の、跡を尋ねて迷ふなり。

狂女は渡し守に舟に乗せてほしいと頼む。渡し守は、おもしろく狂って見せなければ乗せてやらないとからかう。狂女はそれにたいして、『伊勢物語』の在五中将業平《ざいごなりひら》の東下《あずまくだ》りの故事《こじ》を引いて、なおも乗船を乞《こ》う。船頭は狂女のやさしさに感心して乗せてやる。

旅人は対岸の柳の木の下に人々が大勢集まっているのを見て、あれは何をしているのかと渡し守に尋ねる。渡し守はあれは大念仏《だいねんぶつ》だと答え、かわいそうな子どものことを語る。

さても去年三月十五日、しかも今日に相当《あひあた》りて候《さうら》ふ。人商人の都より、年の程十二、三ばかりなる幼き者を買ひ取つて、奥へ下り候ふが、この幼き者いまだ慣はぬ旅の疲れにや、以《もつ》ての外に違例《ゐれい》し、今は一足《ひとあし》も引かれずとて、この川岸にひれ伏し候ふを、なんぼう世には情《なさけ》なき者の候ふぞ、この幼き者をばそのまま路次《ろし》に捨てて、商人は奥へ下りて候ふ。さる間この辺《へん》の人々、この幼き者の姿を見候ふに、由《よし》ありげに見え候ふほどに、さまざまにいたはりて候へども、前世《ぜんぜ》の事にてもや候ひけん、たんだ弱りに弱り、すでに末期《まつご》と見えし時、おことはいづくいかなる人ぞと、父の名字《みやうじ》をも国をも尋ねて候へば、われは都北白河に、吉田の某《なにがし》と申しし人のただ一人子にて候ふが、父には後れ母ばかりに添ひまゐらせ候ひしを、人商人にかどはされて、かやうになりゆき候ふ。都の人の足手影もなつかしう候へば、この道のほとりに築《つ》き込めて、しるしに柳を植ゑてたまはれと、おとなしやかに申し、念仏四、五遍唱《とな》へ、つひに事終つて候ふ。

船頭の物語りにじっと聞き入っていた狂女は涙を流し、続いてその有様をいぶかる船頭に直接尋ねることによって、探し求めてきたわが子梅若丸の死を知るのである。

シテ〽なう親類とても親とても、尋ねぬこそ理《ことわり》なれ。その幼き者こそ、この物狂が尋ぬる子にてはさぶらへとよ。なうこれは夢かやあらあさましや候《ざうら》ふ。

ワキ〽言語《ごんご》道断の事にて候ふものかな。今まではよその事とこそ存じて候へ。さては御身《おんみ》の子にて候ひけるぞや。あらいたはしや候ふ。

悲しみにうちひしがれている母親を、人々は梅若丸の塚の前に案内して、ともに念仏を唱えるように勧める。母が鉦鼓《しょうこ》を打ちながら人々とともに念仏を唱えると、塚の中から「南無阿弥陀仏《なむあみだぶつ》、南無阿弥陀仏」と唱和する子どもの声が聞こえてくる。

シテ〽いま一声こそ聞かまほしけれ、南無阿弥陀仏、子方〽南無阿弥陀仏、南無阿弥陀仏と、地謡〽声のうちより、幻に見えければ、シテ〽あれはわが子か。子方〽母にてましますかと、地謡〽互ひに手に手を取り交せば、また消え消えとなり行けば、いよいよ思ひはます鏡、面影も幻も、見えつ隠れつするほどに、東雲《しののめ》の空もほのぼのと、明け行けば跡絶えて、わが子と見えしは塚の上の、草茫々《ぼうぼう》としてただ、しるしばかりの浅茅《あさぢ》が原《はら》と、なるこそあはれなりけれ、なるこそあはれなりけれ。

狂女物と呼ばれる能は、いずれも最愛のわが子が行方不明になったのを嘆いた母親の物狂いを主題としている。けれども、「百万」でも「三井寺」や「桜川」でも、おしまいには母子がめでたく再会して終わる。それなのに、この「隅田川」だけが明け行く春の空の下にぽつねんと塚を置いたまま、無限の悲しみのうちに静かに終わる。

この哀切きわまりない能を書いた人は、世阿弥《ぜあみ》の息子の観世《かんぜ》元雅《もとまさ》である。彼は永享《えいきょう》四（一四三二）年八月、父の世阿弥に先立って世を去った。

現在、東京都墨田区の隅田川沿い、鐘ヶ淵《かねがふち》と呼ばれるあたりにある木母寺《もくぼじ》に、この梅若塚がある。まわりには高層住宅がそそり立ち、隅田川の水も昔ほど澄んではいないかもしれないが、それでも都鳥は飛びかい、水の流れは止まることがない。

34 瓜《うり》盗《ぬす》人《びと》

①狂　言
②一　曲
③室町時代？
④未　詳
⑤新古典大系(狂言記)

夏休みというと、海やプールでの水泳、登山、キャンプなどのスポーツやリクリエーションとともに、西瓜《すいか》や桃といった新鮮な果物の味覚が連想される。炎天下、西瓜にかぶりつく楽しみは夏なればこそである。この頃は、西瓜にかぎらず、さまざまな種類のメロンが作り出されて、日本の夏は果物王国の観があるが、昔は瓜《うり》はそうとうぜいたくな食べ物であったのだろう。『今昔《こんじやく》物語集』にも、大和《やまと》特産のおいしい瓜を京の都に運ぶ途中、あやしい老人が運搬人の目をごまかして人々に分けあたえ、自分も食べて行方をくらましてしまう話がある。狂言の「瓜盗人」は、出来心で盗んだ瓜があまりにもおいしかったばかりに、盗みを重ねて、ついに見つかってしまう、瓜泥棒がシテとして登場する狂言である。

まず、瓜を作っている農夫（アド、狂言の脇役）が登場して名のる。

まかり出でたる者は、このあたりに住まひ致《いた》す耕作人でござる。それがし当年は瓜を作つてござるが、一段と見事に出来て、このやうな満足なことはござらぬ。また今《こん》日《にち》も瓜畑《うりばた》へ見舞はうと存ずる。まづそろりそろりとまゐらう。

瓜畑を見舞った農夫は、泥棒が入った形跡があるのを発見して、「かがし」（かかし）を作り、念を入れて垣を結《ゆ》って帰ってゆく。そのあとで、瓜盗人（シテ）が登場する。

まかり出でたる者は、このあたりに住まひ致す者でござる。きのふさる方へまゐるとて、瓜畑のそばを通ってござるが、あまり見事な瓜でござつたによつて、二つ三つ取ってさる方へ進上致《いた》いてござれば、「さてさてこれは風味のよい瓜ぢや。手作《てさく》（自家栽培）か」と仰せられた。ところで「いかにも手作の瓜でござる」と申してござれば、「手作ならば、いま少しくれい」と仰せられてござる。初め手作ぢやと申して、今さら自作ではござらぬとは申されず、畏《かしこま》つた、進上致さうとお約束致いてござる。是非《ぜひ》に及ばぬ、今からきのふの所へ瓜を取りに行かずはなるまいが、何と致さう。イヤ、人遠《ひとどほ》い所ぢやによつて、苦しうござるまい。その上、もはや日も暮れかかつたほどに、畑主《はたぬし》も見舞ひは致すまい。まづ、そろりそろりとまゐらう。

盗人は畑の上をころがって瓜を取った末、立っているかがしを夜目に人かと見まちがって、びっくりし、平あやまりにあやまる。このあやまり方がおもしろい。

申し、申し、なぜに物を仰せられませぬぞ。物を仰せられいでは、ここが立ちにくうござる。イヤ申し、申し。ハテ、合点《がてん》の行かぬ。申し、申し。

かがしと気付いた泥棒は腹いせに瓜蔓《うりづる》をさんざん引っぱり、垣根を引き抜いて退散する。

ヘエ、牛に食らはれ、たらされた。人ぢや人ぢやと思うたれば、あれはかがしめぢや。さてさて腹の立つことぢや。何と致さう。イヤそれそれ、再びまゐらうではなし、瓜蔓を皆引つ立ててくれう。エイ、メリメリメリメリ。エイ、メリメリメリメリ。腹も立つ、くね（垣根）をも引き抜いてくれう。エイ、グヮラグヮラグヮラ。エイ、グヮラグヮラグヮラグヮラ。

その翌日、また見舞った農夫は、荒された瓜畑を見て、自分がかがしになって番をする。狂言は多くの場合素面《すめん》で演ずるが、かがしは「うそふき」という面をつける。

案の定、泥棒はまたもややってきた。今度は「さる方」が明日やって来られるというので、もてなし用に盗みに来たのだが、なぜか恐怖心が先に立ってならない。けれども、引き抜いた垣根もそのままなのを見て、畑主は見舞っていないのだと思い込み、かがしも本物のかがしと思い込んで、瓜を盗むことはそっちのけにして、かがしを相手に、村のお祭りで演ずる、鬼が罪人を責める寸劇の稽古《けいこ》を始める。最初は自分が鬼の役で、罪人に見立てたかがしを責め、次にはかがしを鬼、自身を罪人と見立てて責められる練習をする。このとき、かがしに扮《ふん》した農夫は杖《つえ》で瓜盗人を打つ。盗人はそれでも、それはかがしの仕掛けとばかり思い込んでいて、本当の人間とは気づかない。この狂言のおしまいはこうである。

男〽罪人よ罪人よ、罪人よ罪人よ、因果《いんぐわ》の綱に繋《つな》がれて、行けど行かれぬ死出《しで》の山、行かんとすれば、引きとどむ。止まれば杖にて、ちやうと打つ。耕作人なんのかがし。耕作人がつきめ、やるまいぞ。男イヤ、おのれはかがしではないか。耕作人アノ横着者《わうちやくもの》、よう瓜を取ったな。男アア、許《ゆる》いてくれい、許いてくれい。耕作人どれへ行く。捕へてくれい。やるまいぞやるまいぞ、やるまいぞやるまいぞ。

狂言（能狂言）は古くは「をかし」とも呼ばれ、ながらく能と能との間に上演されてきた。江戸時代の初め頃には、現在上演されているような曲が大体できあがっていたかと考えられている。能が歌舞（謡と舞い）を中心とするのにたいして、狂言はせりふ中心で、動作もどちらかと言えば写実的である。能楽堂いっぱいに凜々《りんりん》と響きわたる狂言言葉、きっぱりとした足拍子、そして軽い身のこなしなど、狂言は能とはまたちがった日本語の美しさ、日本人の身体の動きのおもしろさを、あらためてわからせてくれる。

35 水無瀬《みなせ》三吟百韻《さんぎんひゃくいん》

①連　歌
②一　巻
③長享二(一四八八)年
④宗祇・肖柏・宗長
⑤古典集成(連歌集)

「連歌」と書いて「レンガ」と読む。連歌は複数の作者が集まって一つのまとまった世界を作り上げる、日本独特の詩歌なのだが、みなさんにはどれほどお馴染《なじ》みだろうか。この連歌を研究している有名な学者がある文庫で「連歌を拝見させてください」と言ったところ、「レンガならこの裏に積んであります」と言われたという。発音が同じなので、建材の煉瓦《れんが》とまちがえられたのであった。

これは笑い話みたいだが、連歌と煉瓦とには、共通するところもないとはいえない。煉瓦はつぎつぎに積み上げるものだが、その場合、煉瓦Ａと煉瓦Ｂとは面を接し、煉瓦Ｂと煉瓦Ｃとも面を接するが、煉瓦Ａと煉瓦Ｃとは接しようがない。連歌でも、長連歌（鎖《くさり》連歌）は、五・七・五の句（長句）に七・七の句（短句）をつけ、それにまた五・七・五をつけ、さらに七・七をつけという具合に、長句と短句を交互につけて三六句、一〇〇句と続けるのだが、そうするとＡの句とＢの句とはつき、Ｂの句とＣの句とはつくけれども、

Aの句とCの句とはつかないことになる。積み上げられた煉瓦の壁と同じではないか。だから、連歌は煉瓦に通ずと思って、決して「レンカ」などと発音しないでほしい。室町時代の末に宣教師が作った『日葡辞書《にっぽじしょ》』にも、「Renga. 歌の一種で、多くの人々が、たがいに関連し合うように、連ねつづけて作るもの」という説明が加えられているのである。

もっとも、最初から、五・七・五／七・七／五・七・五／七・七……と長く続けたのではなかった。初めは、五・七・五・七・七の短歌一首の上《かみ》の句（五・七・五）と下《しも》の句（七・七）とを分けて、AとBが歌ったのであった。その最も古い例は『万葉集』にある。

佐保川の水を塞《せ》き上げて植ゑし田を　（尼）
刈れる初飯《はついひ》はひとりなるべし　（大伴家持）（巻八）

平安時代にも、歌人が余興として即興的にこのような上の句と下の句の唱和を楽しんだ。『金葉《きんよう》和歌集』には「連歌」という見出しの下に、それらの作品が収められている。

ところが、平安時代の末、院政期頃から、いわば（17+14）×nという式に表わされるような、長く続ける方法が行われだした。そこで、前からの五・七・五と七・七を二人が詠むものを短連歌、長く続けるのを長連歌、または鎖連歌と呼んで、区別している。

長連歌の作者は三人以上、ときには十数人にもなることがある。三人なら三吟、四人なら四吟という。一人で長く続けるのは独吟、二人ならば両吟という。一人二人でもできなくはないが、個性のちがった三人やそれ以上の作者が加わって、それぞれの持ち味の句をつけてゆき、全体として一つのまとまった詩の世界を作り上げるところに連歌のおもしろさがある。連歌は座の文芸であり、連想の上に成り立つ和の文芸である。

連歌は長句・短句あわせて一〇〇句つけることが多い。これを百韻という。三六句で一まとまりとする場合もある。これは歌仙と呼ぶ。三十六歌仙にちなんだ呼び名である。その他、四四句の「世吉《よよし》」、六〇句の「源氏」などがある。百韻を十続けた場合は千句、または十百韻《とつぴやくいん》という。最初の句を発句《ほつく》、発句の次が脇句《わきく》、そのまた次は第三という。それ以後は平句《ひらく》という。最後の句が挙句《あげく》である。これを「水無瀬三吟百韻」という作品で見ると、

雪ながら山本かすむゆふべかな　宗祇《そうぎ》　発句—春
行く水とほく梅にほふ里　肖柏《しょうはく》　脇句—春
川風にひとむら柳春見えて　宗長《そうちょう》　第三—春
舟さす音もしるき明け方　宗祇　平句—雑
月やなほ霧《き》りわたる夜に残るらむ　肖柏　〃—秋
霜おく野原秋は暮れけり　宗長　〃—秋
鳴く虫の心ともなく草枯れて　宗祇　〃—秋
垣根をとへばあらはなる道　肖柏　〃—雑

と展開し（ここまでは表《おもて》八句と呼ぶ）、次のような挙句で終わっている。

人におしなべ道ぞ正しき　　宗　長　挙句―祝

この「水無瀬三吟百韻」は、長享《ちょうきょう》二（一四八八）年正月二二日、後鳥羽院《ごとばいん》の霊を祭る水無瀬殿の御影堂《みえいどう》に奉納された百韻で、発句は、『新古今和歌集《しんこきんわかしゅう》』の項に引いた、後鳥羽院の「見わたせば山もとかすむ水無瀬川ゆふべは秋となに思ひけむ」の本歌取りである。宗祇は専門的な連歌作者、連歌師の代表といった存在、肖柏・宗長はその弟子である。

鎌倉時代に登場した連歌師たちの連歌は、こっけいな言葉遊びに近いものが多かった。南北朝時代から室町時代になると、連歌はいよいよ流行し、北朝の関白《かんぱく》二条良基《よしもと》のような連歌好きの貴族も現れて、芸術的にいちじるしく向上した。これは有心《うしん》の連歌と呼ばれる。良基は連歌師救済《ぐさい》の協力を得て、はじめての連歌撰集《せんしゅう》『菟玖波集《つくばしゅう》』を編んだ。宗祇はこれにならって『新撰菟玖波集』を撰《えら》んでいる。ともに有心連歌中心の集である。けれども、室町時代の末になると、有心の連歌はこっけいな俳諧《はいかい》の連歌に圧倒されていった。戦国から近世にかけての人々は、真面目な深刻なものよりも、笑いを求めていたのである。

36 閑吟集《かんぎんしゅう》

①歌 謡
②一 巻
③永正一五(一五一八)年
④未 詳
⑤新古典大系

能狂言に登場する人物は、しばしば小歌《こうた》を口ずさむ。平安後期から鎌倉時代にかけての今様《いまよう》、鎌倉時代に武家社会でとくにもてはやされた早歌《そうか》(宴曲)にたいして、室町時代の流行歌謡は小歌である。人々は尺八《しゃくはち》(一節切《ひとよぎり》ともいう)や扇拍子《おうぎびょうし》の伴奏で小歌を楽しんだ。『閑吟集』は小歌集である。この流行歌謡曲集は、永正《えいしょう》一五(一五一八)年八月に編まれた。しかしながら、どういう人が編んだかは明らかではない。かなの序文に、自身のことを、遠く富士山を望みながら庵《いおり》を結んでいる「桑門《そうもん》」(出家者)と記していることから、駿河国《するがのくに》かどこか、ともかく東国の世捨て人の手に成ると考えられる。「閑吟」とは「閑居」で「吟ずる」歌の意である。収められている小歌は三一一。この数は、古代中国の民謡集『詩経《しきょう》』(「毛詩《もうし》」とも呼ばれる)の編数にほぼ同じで、これにならったものである。このことや、かなの序文のほかに、いかめしい漢文体の序文もあることなどからも、この編者がそうとう漢詩文や和歌などの学問をつんだ人であったことを思わせる。

小歌はじつに短い詞句《しく》で、ずばりと人生をとらえてみせる。たとえば、

世の中はちろりに過ぐる、ちろりちろり

といったふうに。「ちろり」とは「ちらり」ということである。

夢まぼろしや、南無三宝《なむさんぼう》

というのもある。この小歌集が編まれた永正一五年は、室町時代も終わり近い。足利《あしかが》将軍の権威も薄れてきて、大名たちが各地で争いをくり返す戦国の様相を呈しはじめている。昨日の勝者が今日の敗者という栄枯盛衰《えいこせいすい》は世の習いと見なされた。そのような時代相を見つめている人々にとっては、この小歌なども、深い共感をもって歌われたにちがいない。

この約四〇年のちの永禄《えいろく》三（一五六〇）年五月一九日、二七歳の織田信長《おだのぶなが》は桶狭間《おけはざま》に今《いま》川義元《がわよしもと》を襲ってこれを討つのだが、その決死の出陣に際して、みずから、「人間五十年下《げ》天《てん》の内をくらぶれば、夢まぼろしのごとくなり。一度生《ひとたびしやう》を享《う》け、滅せぬもののあるべきか」という、幸若《こうわか》の「敦盛《あつもり》」のひとくだりを舞ったと伝えられている。「夢まぼろしや」というのは、中世を生きたすべての人々の認識だったのである。

そういう「ちろりに過ぐる」世の中、「夢まぼろし」の世の中をどう過ごしたらよいのか。小歌は遊び狂えという。

何せうぞ、くすんで、一期《いちご》は夢よ、ただ狂へ

夢のようにはかない世だからこそ、短い人生をやさしい心で人に接したいとも歌う。
ただ人は情《なさけ》あれ、朝顔の花の上なる露の世に

恋の歌は当然多い。

あまり言葉のかけたさに、あれ見さいなう、空行く雲のはやさよ

思ひ出すとは、忘るるか、思ひ出さずや、忘れねば

小歌といっても、中にはそうとう長いものもある。次の歌は「揉《も》まるる」物づくしの歌だが、その前半は京の都の名所案内のおもむきもある。

おもしろの花の都や、筆で書くとも及ばじ、東には祇園《ぎをん》・清水《きよみづ》、落ちくる滝の音羽《おとは》のあらしに、地主《ぢしゆ》の桜は散り散《ぢ》り、西は法輪《ほふりん》・嵯峨《さが》の御寺《おんてら》、まはらばまはれ水車《みづぐるま》の輪の、臨川堰《りせんせき》の川波、川柳《かはやなぎ》は水にもまるる、ふくら雀《すずめ》は竹にもまるる、都の牛は車にもまるる、野辺のすすきは風にもまるる、茶臼《ちやうす》は挽木《ひきぎ》にもまるる、げにまこと忘れたりとよ、小切子《こきりこ》は放下《はうか》にもまるる、小切子の二つの竹の、世々を重ねて、うちをさめたる御代《みよ》かな

この歌は、放下《ほうか》と呼ばれる芸能者たちの持ち歌だったのであろう。小切子というのは彼らが使っていた楽器で、竹筒の中に小豆《あずき》が入っているものだった。これを打ち鳴らしたり、手玉に取ったりして、おもしろおかしく狂って見せたのである。

地主の桜は、散るか散らぬか、見たか水汲《く》み、散るやら散らぬやら、あらしこそ知れ

とか、

木幡《こはた》山路に行き暮れて、月を伏見の草枕

そしてまた、

宇治の川瀬の水車、何とうき世をめぐるらう

なども、地方の人々の、京の都やその周辺へのあこがれを駆り立てたかもしれない。

このように花の都を謳歌《おうか》する一方で、

人買ひ舟は沖を漕《こ》ぐ、とても売らるる身を、ただ静かに漕げよ、船頭殿

という、地方の悲しい現実をもとらえている。能の「隅田川」でも見たように、人が人を売り買いするというひどいことが、なかば公然と行われた時代でもあった。森鷗外《もりおうがい》の『山《さん》椒太夫《しょうだゆう》』の初めのほうなども連想される。

「歌は世につれ、世は歌につれ」という言葉通り、短い詞章の中に時代をたしかに写し取っているのが、『閑吟集』の世界なのである。

37 文正草子《ぶんしょうぞうし》

①御伽草子
②三　冊
③室町時代
④未　詳
⑤新古典全集（御伽草子）

塩は人間の生活になくてはならないものである。人間だけではない。馬や牛などの家畜の疲労回復にも効果的だという。

昔は海水を汲《く》み、それをかけた海藻を焼いてできた塩分を精製して、食塩を作った。その労力は大変なものだったであろう。そして食生活には欠かせないのであるから、塩焼き（製塩業者）には豊かな暮らしを送る者も少なくなかったのであろう。御伽草子《おとぎぞうし》の『文正草子』は、そのような裕福な塩焼きの一家が神様に守られて、現世での幸福をきわめたという、まことにめでたい物語である。

常陸国《ひたちのくに》（いまの茨城県《いばらき》）には、鹿島大明神《かしまだいみょうじん》という霊験《れいげん》あらたかな古い社がある。この神宮の神主である大宮司《だいぐうじ》に仕える雑色《ぞうしき》（しもべ男）に文太《ぶんだ》という者がいた。正直者で、長年、主人大事と仕えていたけれども、あるとき大宮司から暇を出され、塩を焼く浦にたどり着いて、ここで製塩業を学び、せっせと働く。文太が焼いた塩はおいしくて、健康にもよかったので、評判となり、彼は長者となって、名をも文正常岡《ぶんしょうつねおか》と改めた。けれども、男の子も女の子も、子どもは一人もいなかった。もとの主大宮司《しゅ》は文正を呼んで、お前は長者となったそうだが、人間にとっては子にまさる宝はないのだから、家の財宝を神仏にさしあげて、子を授かったがよいとさとす。文正が鹿島の大明神に参詣《さんけい》して、「願はくは一人の子をたびたまへ」とお祈りすると、七日目の夜中に神のお告げがあって、二房の蓮《はす》の花をたまわった。それからまもなく、文正の妻は懐妊《かいにん》して、たてつづけに二人の女の子を産んだ。文正は男の子でないといって、妻をしかったが、家来たちにお姫様のほうが幸せですと言われて、姉を蓮華《れんげ》、妹を蓮《はちす》と名づけて、大事に育てた。

二人の姫は光るように美しく、しかも賢く育った。その美しさを噂《うわさ》に聞いて、関東八カ国の大名たちが婿《むこ》になろうとして手紙を送ったが、姫たちは耳もかさない。文正の旧主大宮司が息子たちの嫁にしようと言っても、姫たちは首を縦に振らない。「いかなる女御后《にょうごきさき》にも、または位高き公達《きんだち》などこそ、もしも思ひつき候はんずれ。さなくは、尼になりて後世菩提《せぼだい》を願ふべし」というのが、姫たちの主張なのである。大宮司が怒って、父の文正を処罰しようとおどしても効果がなかった。そののち、常陸の国司も婿になろうとしたが、望みかなわず、むなしく上京して、このことを関白殿下《かんぱく》の息子の二位の中将に語った。二位の中将はこの話を聞いて見ぬ恋人にあこがれ、やがて一首の歌を書き置いて、わずかのお供とともに商人に身をやつして、常陸国へ下った。

鹿島大明神に参詣して、「願はくは、文正が娘に引き合はせたまへ」とお祈りしたのち、文正の館《やかた》に行って、口上もおもしろおかしく京の品物を売る。そして、主の文正にも会い、接待を受ける。中将はお姫様に贈物を贈るが、その中に美しい筆跡で恋の歌が秘められていた。


君ゆゑに恋路に迷ふ道芝の色の深さをいかで知らせん

そののち、中将の一行は文正の屋敷内に設けられた阿弥陀堂《あみだどう》で、音楽を演奏する。姫たちは御簾《みす》の内でこれを聞く。その美しい音色は屋敷中の者を魅了《みりよう》した。

姫君は聞き知りたまひて、撥音《ばちおと》の気高さ、愛敬《あいぎやう》つきたる手あつかひも、たとへん方なし。御身をやつしたまへども、優に気高く、いくつしく、いかなる風の便りもがなとおぼしめしける。折ふしあらしはげしく吹きて、御簾《みす》をさつと吹き上げたるひまより、姫君と中将殿の御目を見合せたまひける。かの姫君の御有様、漢の李夫人《りふじん》・楊貴妃《やうきひ》もこれには過ぎじとぞ見えたまふ。いよいよたしなみ、琴・琵琶《びは》を弾き合はせ、吹きならしたまへば、聴聞《ちやうもん》の人々、あまりのおもしろさに、随喜《ずいき》の涙を流しける。姫達の心の内、たとへんかたなし。

その夜、中将は姉の姫の部屋に忍び入った。姫は初め中将を商人と思っていたので、父母への聞こえを憚《はばか》ってうちとけなかったが、中将はいままでのことを打ち明けて、ついに二人は結ばれた。

やがて、京の商人の音楽演奏を聞きたいという大宮司の前に、中将は衣冠束帯《いかんそくたい》の正装をして現れる。大宮司も商人の正体を悟ってかしこまり、文正に告げる。文正は狂喜した。中将は姫を連れて、都へ上った。東国の大名の兵一万余騎がお供に従った。中将は大将に昇任し、彼から妹の姫のことを聞いた帝《みかど》は、文正夫妻ともども彼女を都へ召した。妹の姫は女御となって皇子を生み、父文正は宰相《さいしょう》（参議）、のちに大納言《だいなごん》とされ、母も二位殿と呼ばれて尊敬された。このめでたずくめの物語は、次のように結ばれる。

さるほどに大納言は、高き所に塔を建て、大河に舟を浮かめ、小河に橋を架《か》け、善《ぜん》根《こん》数をつくしたまふ。いづれもいづれも御命、百歳に余るまで保ちたまふぞめでたき。まづまづめでたきことの初めには、この草子を御覧じあるべく候。

富と幸福な結婚はいつの世、どこの国の人にとっても願望であろうが、それにくわえて高い身分にのぼることが、室町時代の庶民《しょみん》の夢であった。『文正草子』にかぎらず、御伽草子と呼ばれるこの時代の比較的短い物語の多くが、同じような夢を主人公たちに叶《かな》えさせている。そのことは、これらの物語の作者たちが物質的、現実的な生活の豊かさを大事にしながらも、それだけでは満足しきれず、古くからの貴族文化の伝統にもあこがれを抱いていたのではないかと思わせる。彼らはおそらく京の都の町衆と呼ばれる上層商人に属していたのだろうと考えられているが、作者名の知られる作品はない。ただ、これら御伽草子と呼ばれる短編物語の多くは、泥絵具で描かれた奈良絵という極彩色《ごくさいしき》の挿絵をふくむ写本で伝えられて、それを支えた町の人々の経済力とたくましい文化とをしのばせる。

Ⅳ 近世の文学

江戸時代または徳川時代は、天下分け目の関ヶ原の戦いが東軍の勝利に終わって、徳川家康が天下人《てんかびと》となった慶長《けいちょう》五（一六〇〇）年から、慶応《けいおう》三（一八六七）年、徳川慶喜《よしのぶ》が政治権力を朝廷に返還し（大政奉還《たいせいほうかん》）、王政復古、明治維新《いしん》が唱えられるまでをさす政治史上の呼び方である。日本文学史での近世は、この江戸時代の文学を対象とする。出版文化を背景として近世文学はおびただしい作家・作品を生んだ。

江戸時代といっても、その前半は文化の中心は京や大坂などの上方《かみがた》にあった。江戸は政治の中心ではあったが、文化的にはおくれていた。時代が進むにつれていわゆる文化東漸《とうぜん》の現象が起こって、江戸にも独特の文化が形成されてくる。この傾向は文学にもだいたいあてはまる。つまり、近世文学はごく大ざっぱにいうと、前期にとくに盛んであった上方文学と後期に活発となる江戸文学というようにとらえることができる。また、天和《てんな》・貞享《じょうきょう》・元禄《げんろく》（一六八一―一七〇三）といった年号の文学、いわゆる元禄文学と、宝暦《ほうれき》・明和《めいわ》・安永《あんえい》・天明《てんめい》（一七五一―一七八八）頃の安永・天明期の文学と、文化・文政（一八〇四―一八二九）年間の化政期の文学というふうに、いくつかの山をおさえて近世文学の見取り図を描くこともできる。江戸時代は徳川将軍が頂点にあり、士農工商の封建的身分制度が確立していた時代であったが、文化や文学の主な担い手は町人であった。文学形成の場として劇場や遊里が重要な役割を果たした。

けれどもまた、武家社会を支配した儒教《じゅきょう》道徳は農民や町人にも浸透していたから、「義理」や「勧善懲悪《かんぜんちょうあく》」など、文学にもその思想的影響はいちじるしいものがある。

　近世文学での詩歌《しいか》の分野は、俳諧《はいかい》に代表される。俳諧は貞門《ていもん》・談林《だんりん》をへて、松尾芭《ばし》蕉《ょう》が蕉風（正風）を唱え、安永・天明期には与謝蕪村《よさぶそん》らが傑出した。小林一茶《いっさ》は化政期の俳人で、人生に即した独特の作風で知られる。雑俳《ざっぱい》、とくに川柳《せんりゅう》や、古くは和歌の一体であった狂歌の隆盛も近世の詩歌では見のがせない。和歌そのものは国学者が好んで詠んだが、賀茂真淵《かものまぶち》・香川景樹《かげき》・良寛・橘曙覧《たちばなあけみ》などが大きな存在であった。

　小説では、初期の仮名草子《かなぞうし》に始まり、井原西鶴らの浮世草子《うきよぞうし》、上田秋成・曲亭馬琴らの読本《よみほん》、山東京伝らの洒落本《しゃれぼん》、黄表紙、柳亭種彦らの合巻《ごうかん》の草双紙《くさぞうし》、十返舎一九・式亭三馬らの滑稽本《こっけいぼん》、人情本など、多彩な内容・形態のものが生まれた。為永春水《ためながしゅんすい》の人情本『春色梅児誉美《しゅんしょくうめごよみ》』に見られる写実的態度は近代小説にも受け継がれてゆく。

　劇文学の発達も近世文学の特色である。はじめは浄瑠璃《じょうるり》に近松門左衛門、のちには歌舞伎《かぶき》に鶴屋南北（四世）など、すぐれた劇作家が出た。河竹黙阿弥《かわたけもくあみ》の活動は近世最末期から近代初期にまたがっている。

38 好色五人女《こうしょくごにんおんな》

①浮世草子
②五巻五冊
③貞享三(一六八六)年
④井原西鶴
⑤新古典全集(井原西鶴集①)、ソフィア

江戸本郷の八百屋八兵衛《はちべえ》のひとり娘お七《しち》は十六の娘ざかり、「花は上野の盛り、月は隅田川の影清く」という美しさであった。ある年の暮れの二八日、近火があったので、母親につき添い、駒込《こまごめ》の吉祥寺《きちじょうじ》に避難して、小野川吉三郎《きちさぶろう》というおない年の美しい若衆《わかしゅ》と知り合い、おたがいに深く思いあうようになった。その年も暮れ、年改まっても母子はしばらく寺にとどまっていたが、人目が多くてこの恋人たちは会うことができない。ところが、ある夜、急な葬式で坊さんたちが出かけて人少なになったのを見はからって、お七はこっそり吉三郎の寝所を訪れた。春雷がごろごろ鳴り響く夜更《よふ》けである。

吉三郎寝姿に寄り添ひて、何とも言葉なく、しどけなくもたれかかれば、吉三郎夢さめてなほ身をふるはし、小夜着の袂《たもと》を引きかぶりしを引き退《の》け、「髪に用捨《ようしゃ》もなきことや」といへば、吉三郎せつなく、「わたくしは十六になります」といへば、お七、「わたくしも十六になります」といへば、吉三郎重ねて「長老様がこはや」といふ。

「おれも長老様はこはし」といふ。何ともこの恋はじめもどかし。後は二人ながら涙をこぼし、不埒《ふらち》なりしに（埒があかなかったが）、また雨のあがり神鳴《かみなり》あらけなく響きしに、「これは本にこはや」と吉三郎にしがみ付きけるにぞ、おのづからわりなき情《なさけ》深く、「冷えわたりたる手足や」と肌へ近寄せしに、お七恨みて申し侍《はべ》るは、「そなた様にも憎からねばこそ、よしなき文たまはりながら、かく身を冷せしは誰《た》がさせけるぞ」と、首筋に喰《く》ひつきける（しがみついた）。

二人は命かぎり恋をつらぬこうと誓いあうが、翌朝お七の母親は娘を家へつれ帰り、それからは監督をきびしくした。手紙だけはひそかに通わしていたものの、会う機会がない。ついに吉三郎は松露《しょうろ》（きのこ）やつくしを売る里の子に変装して、お七の家に売りに行き、やっとの思いで会い、筆談で思うことを書き交わす有様であった。

ついに思いあまったお七は、「また火事騒ぎがあったならば、吉三郎様に会えるだろう」という、ふとした出来心で、火をつけた。このことが発覚して、お七は江戸のあちこちでさらし者にされたあげく、品川の外れ鈴《すず》ヶ《が》森《もり》で火あぶりの刑とされた。時は四月の初め、その美しさを惜しんだ人々があたえた遅桜を見て、お七は浄土《じょうど》を願って死んでいった。

吉三郎はお七のことを思いつめて、夢うつつの状態だったので、周囲の人々は、ほんとうのことを聞かせたら命があるまいと思って、お七は助命されたと偽っていた。ようやく病気もなおり、寺の中を歩くうち、お七の親たちが娘の供養《くよう》に立てた卒都婆《そとば》を見つけて、はじめてその死を知り、あとを追って自害しようとしたが、人々に止められて、出家した。

この悲しい恋の物語は、井原西鶴《いはらさいかく》作『好色五人女』の巻四「恋草からげし八百屋物語」である。この物語は天和《てんな》三（一六八三）年三月に実際にあった事件をもとにして西鶴が綴《つづ》り、貞享《じようきよう》三（一六八六）年二月に出版された。

『好色五人女』は全部で五巻、その名からうかがわれるように、みずからの恋にひたむきに生き、そして潔く死んだ（おまんだけは例外だが）五人の美しい女性を女主人公とする、短編小説集である。まず、巻一は「姿姫路清十郎《せいじふらう》物語」でお夏清十郎の物語。ここでは主家のお嬢さんのお夏と恋におちた清十郎が、お嬢さん誘拐《ゆうかい》の上に主家の金を盗んだ疑いで殺され、そのことを知ったお夏は精神が錯乱し、里の子たちと「清十郎殺さばお夏も殺せ、生きて思ひをさしようよりも」と歌いはやす有様だったが、ついに一六の若さで尼となったという哀話である。巻二は「情《なさけ》を入れし樽屋《たるや》物語」で、樽屋の妻おせんが女の意地から近所の男と親しくなり、そのことが夫に知れて自害した話。巻三は「中段に見る暦屋《こよみや》物語」で、おさん茂右衛門《もえもん》。暦を発行している大経師《だいきようじ》の妻おさんとその手代《てだい》茂右衛門がふとした間違いから深い間柄となり、心中《しんじゆう》したと見せかけて、世間を忍んで暮らしていたが、ついに見つけ出されて刑死した話で、これも天和三年に実際にあった事件をもとにしている。そして、巻五「恋の山源五兵衛物語《げんごべゑ》」は薩摩国《さつまのくに》が舞台で、男友だちに先立たれて出家した源五兵衛を慕う、琉球屋《りゅうきゅうや》という金持ちの娘おまんは家出をしてついに源五兵衛と結ばれるが、貧乏暮らしに苦しむ。しかし、両親に見つけ出されて、源五兵衛夫婦はばくだいな財産を譲られたという。つまり、全五話のうち、最後の話だけがハッピー・エンドで、あとはすべて世間にゆるされない恋の結果、死ぬか尼になった美しい女たちの物語である。『好色五人女』で扱ったのと同じ事件を、近松門左衛門や紀海音《きのかいおん》などの劇作家が浄瑠璃《じょうるり》に脚色している。それらをくらべてみると、井原西鶴が人間というものをどのように理解し、登場人物をどのように性格づけたかがいっそう明らかになるであろう。西鶴は人物を理想化しない。きわめて冷静に、しばしば諧謔《かいぎゃく》をまじえて、自己の欲求につき動かされて行動する女たちを描くのである。その女たちの自信をもった行動の前には、相手の男たちもかすんでしまう。たしかに、女たちは死ぬか尼になるかしかなかったが、そこにいたる以前には充実したそれぞれの生があった。西鶴が書きたかったのはおそらくそこであろう。

39 世間胸算用《せけんむねさんよう》

①浮世草子
②五巻五冊
③元禄五（一六九二）年
④井原西鶴
⑤新古典全集（井原西鶴集③）

天和《てんな》二（一六八二）年の『好色《こうしょく》一代男』、貞享《じょうきょう》三（一六八六）年の『好色五人女』、同年の『好色一代女』など、好色物と呼ばれる男女の恋愛生活を描いた小説を書いてきた井《い》原西鶴《はらさいかく》はその後、『武道伝来記』『武家義理物語』などの、武家社会に取材した小説、いわゆる武家物を試み、さらに貨幣経済の中に浮き沈みする町人の生活を描き出すにいたる。これを町人物と呼んでいる。貞享五年の『日本永代蔵《えいたいぐら》』、元禄《げんろく》五（一六九二）年の『世間胸算用』、元禄七年の『西鶴織留《おりどめ》』などがこれに属する。

『世間胸算用』五巻は、「大晦日《おほつごもり》は一日千金」という副題をもち、「元日より胸算用油断なく、一日千金の大晦日を知るべし」と教訓めいた短い序文を掲げたのちに、各巻四話、計二〇話の短編を収めている。それらはほとんどすべて大晦日を必死に切り抜けようとする、しがない暮らしをする人々の姿に焦点を合わせて語られている。

試みに一つの話を取り上げてみよう。巻三第三話「小判《こばん》は寝姿の夢」である。

一攫千金《いっかくせんきん》で大金持ちになることばかりを考えている貧乏人がいた。十二月の晦日の明方、その男の女房が、「今日という日をどうやって切り抜けようか」とやりくりを思案しながら、窓から朝の日ざしがさしこんでくる方を見ると、小判一かたまりが見える。天の与えとうれしく思って、寝ていた夫を起こすと、その途端に小判は消えてしまった。これは夫が以前江戸の両替屋《りょうがえや》で山と積まれているお金を見て、自分の寝姿ほどの小判がほしいと思い込んでいた一念が凝《こ》って、ちょっとの間小判となって現れたのだ。「たとえ後世《ごせ》は奈落《ならく》へ堕《お》ちても、この世で金がほしい」と、金の亡者《もうじゃ》のようになっている夫にたいし、女房は一人ある娘を残して、自分が乳母奉公《うばぼうこう》に出る決意を語る。そのうちに人置き（口入れ）の婆《ばあ》さんが雇主《やといぬし》の老いたかみ様をつれてきて、足元を見るようなことを言って契約を進める。そして抜け目なく口銭《こうせん》を取って、女房を引き立ててゆく。かみ様の息子の嫁が、男の子を残してなくなってしまったので、その孫のための乳母を求めていたのである。

　隣の硯借《すずりか》つて来て、一年の手形を極め、残らず銀《かね》渡して、かのかか（人置きの婆《ばば》）手ばしかく、「後《のち》といふも同じ事、これは世界がこの通りの御定《さだめ》」と、八拾五《はちじふご》匁数《もんめかず》三十七と書付のある内、八匁五分厘《りん》と取りて、「さあお乳母殿、身ごしらへまでない事」と連れ行く時、男も泪《なみだ》、女は赤面して、「おまん、さらばよ。かかは旦那《だんな》様へ行きて、正月に来てあふぞよ」と言ひ捨てて、何やら両隣へ頼みてまた泣きける。人置きは心強く、「親はなけれど子は育つ。打ち殺しても、死なぬ者は死にませぬぞ。御《ご》亭《てい》様、さらば」とばかりに出て行く。このかみ様（雇主の後家）世を観じ、「わが孫のふびんなも、人の子の乳離《ちばな》れしはかはゆや」と見返りたまへば、「それは銀《かね》がかたき、あの娘は死《しに》次第」と、その母親が聞くもかまはず、連れ行きける。

まもなく、大晦日も暮れようとする。あとに残された夫は、世をはかなんで正月用に用意した雑煮箸《ぞうにばし》も、妻がいない以上二膳《ぜん》はいらないと、へし折って鍋《なべ》の下へくべてしまう。夜更《ふ》けて、娘が泣き出して泣きやまない。近所隣のかかたちが母乳代わりの摺粉《すりこ》をあたためてやり、竹の管で飲ませることを男に教えて、「はや一日の間《ま》に、思ひなしか、おとがひがやせた」などと言う。それぱかりではない、男がふがいない自分自身に腹を立て、火《ひ》箸《ばし》を庭に投げ捨てたりしていると、かかたちは聞き捨てならないことを言った。

「お亭様はいとしや、お内儀《ないぎ》様は果報《くわほう》。先の旦那《だんな》殿が、きれいなる女房を使ふ事が好きぢや。ことに、この中《ぢう》お果てなされた奥様に似た所がある。本に、後《うしろ》つきのしをらしき所がそのまま」。

乳母に上がった女房が旦那に愛されて、後添いになるかもしれないと暗示するのだ。

この男聞きもあへず、「最前の銀《かね》はそのままあり。それを聞いてからは、たとへ命が果《は》て次第」と、駆け出し行きて、女房取り返して、泪で年を取りける。

初めのほうの、男の一念が小判の一塊《かたま》りと凝りかたまって女房の目に一瞬見えたと思ったら、たちまち消えてしまったというのは、幻想的でしかも滑稽味《こっけいみ》をたたえている、いかにも西鶴らしい着想。挿絵には、小判を鎧《よろい》のように全身に着た男がこたつから起き上がった姿が描かれている。この先の、夫妻の切ない別れ、非情な人置きの婆と情のある雇主のかみ様の対照的な性格、近所隣のかかたちの親切さと噂《うわさ》好きなども巧みにとらえられている。が、女房に行かれたあとの男のやけっぱちの挙動、そして妻を永久に失ってしまうかもしれないと思うと、矢も楯《たて》もたまらず取り戻しに行く心理こそは、最も鮮やかに描き出されていると言えるであろう。西鶴は確かに「銀がかたきの世の中」と思っていたにちがいないが、銀がすべてと思ってはいなかったのであろう。

40 おくのほそ道《みち》

①俳　文
②一　巻
③元禄七（一六九四）年
④松尾芭蕉
⑤岩波文庫、ソフィア、ＢＣ

上州《じょうしゅう》館林《たてばやし》の城主徳川綱吉《つなよし》が五代将軍となった延宝《えんぽう》八（一六八〇）年、江戸の俳諧師《はいかいし》桃青《とうせい》は、居を深川に移した。翌年（天和《てんな》と改元される）の春、彼に芭蕉《ばしょう》の株を贈った門人がいる。芭蕉は根づいてよく茂ったので、桃青の庵《いおり》は芭蕉庵《ばしょうあん》と呼ばれた。桃青は風が吹けばすぐ破れる芭蕉葉を愛して、俳号にも芭蕉の号を用いるようになった。

芭蕉野分《のわき》して盥《たらひ》に雨を聞夜《きくよ》哉《かな》

天和二（一六八二）年十二月の暮れ、江戸に大火があり（西鶴の『好色五人女』でお七が吉祥寺《きちじょうじ》に避難したのはこの火事である）、芭蕉庵も類焼したが、そののちもこの地に庵を再建し、貞享《じょうきょう》元（一六八四）年から翌二年にかけての『野ざらし紀行』の旅、貞享四年の『鹿島《かしま》紀行』の旅、同年一〇月から翌元禄《げんろく》元年にかけての『笈《おい》の小文《こぶみ》』、ひきつづいて『更科《さらしな》紀行』の旅など、すべてこの深川芭蕉庵から出立《しゅったつ》した。近畿《きんき》・中部日本の旅から帰ってきたのは元禄元年八月のことだったが、早くも翌年三月には、今度ははるばると陸《みち》奥《のく》への旅立ちをする。ときに芭蕉庵桃青は四六歳であった。これが『おくのほそ道』の旅である。

月日は百代《はくたい》の過客《くわかく》にして、行きかふ年もまた旅人なり。舟の上に生涯を浮かべ、馬の口とらへて老を迎ふる者は、日々旅にして旅を栖《すみか》とす。古人も多く旅に死せるあり。予もいづれの年よりか、片雲《へんうん》の風にさそはれて、漂泊《へうはく》の思ひやまず、海浜《かいひん》にさすらへ、去年《こぞ》の秋、江上《かうしやう》の破屋《はをく》に蜘《くも》の古巣を払ひて、やや年も暮れ、春立てる霞《かすみ》の空に白川の関越えんと、そぞろ神《がみ》の物につきて心を狂はせ、道祖神《だうそじん》の招きにあひて取る物手につかず、股引《ももひき》の破れをつづり、笠《かさ》の緒《を》付けかへて、三里に灸《きう》すゆるより、松島の月まづ心にかかりて、住める方は人に譲り、杉風《さんぷう》が別墅《べつしよ》に移るに、

草の戸も住替《すみかは》る代ぞひなの家

面八句《おもてはちく》を庵《いほり》の柱に懸け置く。

この旅には、出立する暁、髪《かみ》を剃《そ》って墨染《すみぞめ》姿となった曽良《そら》がしたがった。彼が書き留めた『曽良随行日記』はくわしく旅程などを記していて、『おくのほそ道』を読む際にたいそう参考となる貴重な資料である。

旅立ちは千住《せんじゅ》である。

むつましき限りは宵《よひ》より集《つど》ひて、舟に乗りて送る。千住といふ所にて船を上れば、

前途三千里の思ひ胸にふさがりて、幻のちまたに離別の泪《なみだ》をそそぐ。

行《ゆく》春や鳥啼魚《なきうを》の目は泪《なみだ》

日光・那須《なす》・蘆野《あしの》・白川・須賀川《すかがわ》・忍ぶの里（福島）とへて、五月四日仙台にいたった。

田一枚植《うゑ》て立《たち》去る柳かな　（蘆野）

風流の初《はじめ》やおくの田植うた　（須賀川）

笠島《かさじま》はいづこさ月《つき》のぬかり道　（笠島）

多賀城《たがじょう》の古碑は芭蕉を感激させた。松島のあまりの美景に、句は成らなかった。

芭蕉たちが奥州《おうしゅう》藤原氏の栄華をわずかにしのばせる平泉《ひらいずみ》を訪れたのは五月一三日である。

三代の栄耀《えいよう》一睡《いっすい》の中《うち》にして、大門《だいもん》の跡は一里こなたに有り。秀衡《ひでひら》が跡は田野《でんや》になりて、金鶏山《きんけいざん》のみ形を残す。まづ高館《たかだち》に登れば、北上川《きたかみがは》南部より流るる大河なり。衣《ころ》川《もがは》は和泉《いづみ》が城をめぐりて、高館の下《もと》にて大河に落ち入る。泰衡《やすひら》等が旧跡は、衣が関を隔てて南部口をさし堅め、夷《えぞ》を防ぐと見えたり。さても義臣すぐってこの城に籠《こ》もり、功名一時の叢《くさむら》となる。「国破れて山河あり、城春にして草青みたり」と笠打ち敷きて、時の移るまで泪を落し侍《はべ》りぬ。

夏草や兵《つはもの》どもが夢の跡

卯《う》の花に兼房《かねふさ》みゆる白毛《しらが》かな　曽良

尿前《しとまえ》の関をへて出羽《でわ》に入り、立石寺《りっしゃくじ》（山寺）を訪れ、閑寂なたたずまいに心も澄んで、

閑《しづか》さや岩にしみ入蟬《いるせみ》の声

の句を得、最上川《もがみがわ》下りをも経験した。

五月雨《さみだれ》をあつめて早し最上川

そして、山伏《やまぶし》修行の霊場、羽黒山《はぐろさん》・月山《がっさん》・湯殿山《ゆどのさん》に登り、鶴岡から酒田《さかた》に出た。六月一六日から一七日にかけて、象潟《きさかた》を訪れた。松島とともに芭蕉が旅立つ前から見たい見たいと思っていた、美しい入り海である。それは能因《のういん》や西行《さいぎょう》にゆかりの地でもあった。

江山水陸《かうざん》の風光数《かず》を尽《つく》して、今《いま》象潟に方寸《はうすん》を責《せ》む。酒田の湊《みなと》より東北の方、山を越え磯を伝ひ、いさごを踏みて、その際《さい》十里、日影ややかたぶく頃、汐風《しほかぜ》真砂《まさご》を吹き上げ、雨朦朧《もうろう》として鳥海《てうかい》の山隠る。闇中《あんちゆう》に莫《も》作《さく》して、雨もまた奇なりとせば、雨後の晴色また頼もしきと、蜑《あま》の苫屋《とまや》に膝《ひざ》を入れて、雨の晴るるを待つ。

その朝《あした》、天よく霽《は》れて、朝日花やかにさし出づるほどに、象潟に舟を浮かぶ。まづ能因島に舟を寄せて、三年幽居の跡をとぶらひ、向ふの岸に舟を上れば、「花の上こぐ」とよまれし桜の老木《おいき》、西行法師の記念《かたみ》を残す。……江《え》の縦横《じゆうわう》一里ばかり、俤《おもかげ》松島に通《かよ》ひて、また異なり。松島は笑ふがごとく、象潟はうらむがごとし。寂しさに悲しみを加へて、地勢魂を悩ますに似たり。

象潟や雨に西施《せいし》がねぶの花

鼠《ねず》の関を越えると、出羽から越後《えちご》に入り、そしてさらに越中《えっちゅう》となる。

荒海や佐渡《さど》によこたふ天河《あまのがは》

日本海上に佐渡を望み、市振《いちぶり》では象潟の遊女《ゆうじょ》と泊り合わせた。

一家《ひとつや》に遊女もねたり萩と月

やがて加賀国《かがのくに》に入り、小松では源平の戦いの際、この近くで討ち死した斎藤別当実盛《さいとうべっとうさねもり》の甲《かぶと》などをも見た。

あかくと日は難面《つれなく》もあきの風　（金沢から小松へ）

むざんやな甲の下のきりぐす

曽良は病んで、「行々《ゆきゆき》てたふれ伏《ふす》とも萩の原」という句を書き残して、北陸路の途中で芭蕉と別れ、一足さきに伊勢へくだった。それから先は芭蕉一人の旅だった。

今日よりや書付《かきつけ》消さん笠の露　（書付は「同行二人《どうぎょうににん》」の笠の文字）

ようやく白根が嶽《たけ》（白山）も見えなくなって、日野山が姿を現してきた。芭蕉は「あさむづの橋」（浅水の橋）を渡り、敦賀《つるが》に出た。

名月や北国日和定《ほくこくびよりさだめ》なき

弟子たちがここまで出迎え、美濃《みの》の大垣へ行った。さきに別れた曽良とも会い、その他親しい人々が大勢集まってきて、まるで死んだ人が蘇《よみがえ》ったように喜んでくれた。しかし、ここにもゆっくりしていないで、芭蕉は「伊勢の遷宮《せんぐう》拝まんと」、伊勢に向かう。

蛤《はまぐり》のふたみにわかれ行《ゆく》秋ぞ

芭蕉はこの句で『おくのほそ道』の筆を措《お》いている。元禄二年に試みられた、約六〇〇里（二三四〇キロ）に及ぶという、この長途の行脚《あんぎゃ》の紀行文は、元禄四年江戸に戻ったのち、同五、六年の頃に書かれ、推敲に推敲を重ねたすえ、元禄七年四月に清書本が完成した。

しかし、その年五月にはまたもや関西におもむく。そして、京、郷里の伊賀上野、奈良を経て、大坂にいたり、病んで、一〇月一二日没した。

旅に病《やん》で夢は枯野をかけ廻《めぐ》る

『おくのほそ道』で「古人も多く旅に死せるあり」と言い、「道路に死なん、これ天の命なり」（飯坂にて）と書いた通り、芭蕉は旅先で五一歳の生涯を閉じたのである。

41 冥途《めいど》の飛脚《ひきゃく》

①浄瑠璃
②三巻一冊
③正徳元(一七一一)年
④近松門左衛門
⑤新古典全集(近松門左衛門集①)、ソフィア

江戸時代の政治の中心はもとより江戸だったが、経済の中心は大坂であった。だから、江戸と大坂の間には飛脚がひんぱんに往来し、大坂には飛脚宿(飛脚屋、今日の運送業者)が繁昌していた。近松門左衛門《ちかまつもんざえもん》が書き、正徳《しょうとく》元(一七一一)年、竹本座《たけもとざ》で上演された浄瑠璃《じょうるり》「冥途の飛脚」は、そのような飛脚屋の主人が犯した公金横領、逃亡の罪を描いたものである。江戸時代にはこの種の犯罪は死刑とされた。「冥途の飛脚」という外題《げだい》(演劇の題名)は、主人公の飛脚屋が刑死して冥途への旅を急いだことを意味しているのである。

大坂淡路《あわじ》町の飛脚宿亀屋忠兵衛《ちゅうべえ》はじつは養子で、出身は大和国《やまとのくに》(奈良県)新口《にのくち》村の農民孫右衛門《まごえもん》の一人息子、年は二四で商売上手、男前でもある。しかし、ここのところ新町の遊女梅川《ゆうじょうめがわ》と親しくなって家業もおろそかになり、友人の丹波屋八右衛門《たんばやはちえもん》に届けるべき為替《かわせ》金を一時使ってしまっている。八右衛門がその支払いを求めてやってきたので、忠兵衛は

養母妙閑《みょうかん》の手前、ひどい苦境に立たされるが、八右衛門の男気《おとこぎ》に、その場はどうやら切り抜けた。けれども、遊里《ゆうり》で、しかも愛人の梅川に聞こえよがしに八右衛門が自分の悪口を言っているのを立ち聞きした忠兵衛は、たまりかねてその座に出て、ついに武家屋敷に届けるべき為替金に手をつけて梅川を身請《みう》けし、連れ立って逃れる。八右衛門は忠兵衛を遊里から遠ざけようとして悪口雑言《あっこうぞうごん》を尽くしたのだが、それが裏目に出たのだった。二人は大和新口村に逃げた。そこで忠兵衛の実父孫右衛門と梅川はよそながら嫁舅《よめしゅうと》の対面をして、悲しい別れをする。やがて役人の手がまわって、二人は捕えられる。

こう言ってしまうと、現代でも時おり新聞の社会面などに報ぜられる、公金持ち逃げの事件と同じで、横領犯人とその愛人の話ということになり、同情の余地はなさそうだが、作者は、主人公忠兵衛が罪を犯さざるをえなくなる、せっぱつまった心理、指名手配された男とともに逃避行を続ける梅川の純情、罪を犯した息子にたいする実父の親心などを克明に書き込んでいて、いまでも文楽《ぶんらく》や歌舞伎《かぶき》で人の心を打つ名舞台を実現させるのである。たとえば、遊廓《ゆうかく》の越後屋《えちごや》で手をつけてはならない金をばらまいて（これを「封印《ふういん》切り」と呼ぶ）、梅川の身請けの段取りも済み、二人だけになったあとの梅川と忠兵衛はこんな具合に描かれている。

男はわつと泣出し、「いとしや、何も知らずか。今の小判《こばん》は堂島の、お屋敷の急用金。この金を散らしては、身の大事は知れたこと。随分こらへて見つれども、友女郎の真中でかはいい男が恥辱《ちじよく》を取り、そなたの心の無念さを晴らしたいと思ふより、ふつと金に手をかけて、もう引かれぬは男の役。かうなる因果《いんぐわ》を思うてたも。八右衛門が面《つら》つき、すぐに母にぬかす顔。十八軒の仲間から詮議《せんぎ》に来るは今のこと。地獄の上の一足飛び、飛んでたもや」とばかりにて、縋《すが》り付いて泣きければ、梅川、はあと震ひ出し、声も涙にわなわなと、「それ見さんせ、常々言ひしはここのこと。なぜに命が惜しいぞ、二人死ぬれば本望。今とてもやすいこと、分別据《す》ゑてくだんせなう」「ヤレ命生きようと思うてこの大事がなるものか。生きらるるだけ添はるるだけ、高は死ぬると覚悟しや」。

見栄《みえ》や愛への執着が同情の念をもって描かれている。作者の目は温かい。

下之巻、新口村の場で、高足駄《あしだ》の鼻緒《はなお》が切れてころんだ孫右衛門を、潜んでいる家の外に出られない忠兵衛に代わって、梅川が走り出て介抱《かいほう》する場面は恩愛の情迫るものがある。

「ム、こなたの舅《しうと》にこの爺《ぢい》が、似たというての孝行か。嬉《うれ》しい内に腹が立つ。年たけたせがれを子細《しさい》有つて久離《きうり》切り、大坂へ養子につかはせしに、根性に魔がさいて、大《だい》分《ぶん》人の金を誤り、挙句《あげく》に所を走つて、この在所まで詮議の最中。誰ゆゑなれば嫁御《よめご》ゆゑ。近頃愚痴《ぐち》なことなれども、世の譬《たと》へに言ふ通り、盗みする子は憎からで、縄《なは》かくる人が恨《うら》めしいとはこのことよ。久離切つた親子なれば、よいに付け悪いに付け、構はぬこととは言ひながら、大坂へ養子に行て、利発で器用で身を持つて、身代《しんだい》も仕上げたあのやうな子を勘当《かんだう》した、孫右衛門はたはけ者、あはう者と言はれても、その嬉しさはどうあらう。今にも捜《さが》し出され、縄かかつて引かるる時、よい時に勘当して、孫右衛門は出かした、仕合せぢやと誉《ほ》められても、その悲しさはどうあらう。今から思ひ過されて、一日も先に往生《わうじやう》させてくだされと、拝み願ふは、今参る如来様《によらい》御《ご》開山《かいさん》。仏に嘘《うそ》はつかぬぞ」と、土にどうどひれ伏して、声をはかりに泣きければ、梅川も声をあげ、忠兵衛は障子《しやうじ》より、手を出し伏拝み、身をもみ嘆き沈みしは、理《ことわり》とこそ聞えけれ。

近松門左衛門の世話《せわ》浄瑠璃で、めでたしめでたしと終わるものはめったにない。ほとんどすべてが主人公や女主人公の破滅、死に終わる。その破局にいたって、平凡で愚かしくさえあった男や女は、にわかに美しく、気高くすら描かれる。死への決意が平凡な人間を高めるのである。では、この劇作家は死を賛美しているのだろうか。そうではないであろう。死にに行く者をたたえることによって、人間として自己に忠実に生きることの苦しさと大切さとを訴えようとしたのであろう。

42　仮名手本忠臣蔵《かなでほんちゅうしんぐら》

①浄瑠璃
②一一段一冊
③寛延元（一七四八）年
④竹田出雲・三好松洛・並木千柳
⑤新古典全集（浄瑠璃集）

元禄《げんろく》一四（一七〇一）年三月一四日、五代将軍徳川綱吉《つなよし》の江戸城内で刃傷《にんじょう》事件が起こった。播州赤穂《ばんしゅうあこう》の城主浅野内匠頭長矩《たくみのかみながのり》が、高家《こうけ》と呼ばれていた、幕府での典礼をつかさどる家柄の吉良上野介義央《きらこうずけのすけよしなか》に斬《き》りつけたのである。原因は勅使接待役の内匠頭を、指導にあたっていた上野介が侮辱したからであるというが、よくはわからない。内匠頭はその日のうちに切腹を命ぜられ、浅野藩は改易《かいえき》（城を明け渡し、領地は没収）された。その翌年の一二月一四日、大石内蔵助良雄《くらのすけよしお》を筆頭とする赤穂浪士四十七士が江戸本所《ほんじょ》松坂町の邸《やしき》に吉良上野介をおそって、その首級《しゅきゅう》をあげ主君の仇《あだ》を討った。いわゆる赤穂義士の事件である。

この事件は太平になれていた人々を驚かせ、浪士たちの行為は忠義を武士の本分とするこの時代の倫理道徳の鑑《かがみ》としてほめそやされた。彼らが幕府の命に従って切腹してはてると、人々の同情はいよいよ高まった。「仮名手本忠臣蔵」はこの事件を脚色した浄瑠璃《じょうるり》で、寛延《かんえん》元（一七四八）年八月から一一月まで、大坂の竹本座ではじめて上演された。竹田出雲《いずも》・三好松洛《みよししょうらく》・並木千柳《なみきせんりゅう》と、三人の作者の合作である。

徳川幕府は当時起こった事件をありのままに脚色し、上演することを禁じていた。そこで、この浄瑠璃でも『太平記』の時代のこととし、吉良上野介は高武蔵守師直《こうのむさしのかみもろなお》、浅野内匠頭は塩冶判官高定《えんやはんがんたかさだ》として脚色されている。大石内蔵助は大星由良助《おおぼしゆらのすけ》という架空の名前。江戸城は関東管領《かんれい》の鎌倉の御殿で、その主は綱吉ならぬ足利直義《あしかがただよし》である。『太平記』巻第二一に、高師直が出雲《いずも》の守護塩冶判官の妻に恋し、その望みがかなわぬことから、ついに塩冶を将軍に讒言《ざんげん》して滅ぼしてしまったことが語られているのを利用したのである。

大序《だいじょ》（最初の段）では、鎌倉鶴ヶ岡八幡宮社頭で、討ち死した南朝の将新田《にった》義貞の兜《かぶと》改めが行われ、塩冶判官の妻顔世《かおよ》が四七の兜のなかから義貞の兜を見つけ出す。師直は顔世に恋文を渡すが、投げ返される。桃井若狭助《もものいわかさのすけ》が気転をきかせて顔世を帰したので、師直は怒って若狭助をののしる。短気な若狭助は刀を抜こうとしてようやく思いとどまる。

二段目は、若狭助の家老加古川本蔵《かこがわほんぞう》の娘小浪と塩冶判官の家老大星由良助の息子力弥《りきや》との恋、血気にはやる主君若狭助を止めかねる本蔵の苦労を描く。それは主君をあおっておいて、先回りして師直主従に贈物をして、その機嫌を取るという苦肉の策であった。三段目はそれが効を奏して、殿中で師直を討ち果たそうとしていた若狭助は相手にあやまられて拍子ぬけしてしまう。師直はそのあとに登城した塩冶判官に、恋が叶《かな》わぬ恨みもあって、悪口雑言《あっこうぞうごん》をあびせる。ついにたまりかねた判官は師直に切りつけるが、本蔵に抱き留められる。判官の下級武士早野勘平と顔世の腰元お軽はひそかに会っていて、この大事件のあと、お軽の親元にかけおちする。四段目は判官が将軍家から切腹を命ぜられ、国元から駆けつけた家老大星由良助に以心伝心で敵討ちするよう目顔で告げて、死んでゆく。そして、城は明け渡された。五段目から六段目では、山崎の山里で猟師となっている勘平が、舅《しゅうと》を殺した定九郎《さだくろう》（師直に内通している塩冶の家老斧《おの》九太夫の息子）を誤って撃ち殺したが、舅その人を殺したと思って、言い訳立たず自害する哀話が語られる。お軽はその前に、夫の武士を立てるために、京の祇園《ぎおん》に傾城《けいせい》勤めに出て、この悲しみを知らない。七段目は祇園一力《いちりき》茶屋。敵の目をくらまそうと、酒色にふける由良助と、父と夫の横死を兄平右衛門《へいえもん》から知らされて悲しみにくれる傾城お軽が、はなやかな雰囲気の中に描かれる。

　お軽は始終せき上げせき上げ、便りのないは身の代《しろ》を、役に立てての旅立ちか。暇《いと》乞《まご》ひにも見えそなものと、恨んでばつかりをりました。もつたいないが父様《ととさま》は非業《ひごう》の死でもお年の上。勘平殿は三十になるやならずに死ぬるのはさぞ悲しかろ口惜しかろ。逢《あ》ひたかつたであらうのに、なぜ逢はせてはくださんせぬ。

由良助はお軽に手を添えて内通者九太夫を殺させ、平右衛門を一味連判《れんぱん》に加えてやる。八段目は道行《みちゆき》で、本蔵の娘小浪《な》が生さぬ仲の母戸無瀬《となせ》に連れられて、東海道を、山科《やましな》にある許婚者の力弥の家に向かう。九段目は大星親子の山科閑居が舞台である。本蔵が主君判官を抱き留めたために師直が助かったことを恨む大星の妻お石《いし》は、この婚約を破棄するという。虚無僧《こむそう》に身をやつして母子のあとをついてきた本蔵は、お石をののしり、わざと力弥の槍《やり》に刺されたのち、娘を嫁にしてくれと訴え、師直の屋敷の図面を与えて死んでゆく。その本心を見通していたのは由良助であった。一〇段目では塩冶の浪士たちに武器を調達する天河屋義平の義俠心《ぎきょうしん》が語られ、一一段目で四六人の浪士たちは師直を討ち果たす。

この浄瑠璃は歌舞伎《かぶき》に移入されて、さらに演出に工夫が重ねられた。テレビでもしばしば歴史ドラマの材料とされ、登場人物の性格や心理に新しい解釈や説明が加えられていく。近代の小説家でもこの事件を取り上げている作家は少なくない。復讐《ふくしゅう》は現代の考え方からすれば野蛮な行為でしかないのだが、しかもこの事件がこれほどまでに人々をひきつけてやまないのはなぜだろう。そのことは、ともかく文楽《ぶんらく》なり、歌舞伎なりの「忠臣蔵」を一度見た上で、みなさんに考えていただきたい。「百聞は一見にしかず」である。

43 柳多留《やなぎだる》

①雑 俳
②初編は一冊
③明和二(一七六五)年
④呉陵軒可有編
⑤岩波文庫(誹風柳多留)

是小判《これこばん》たつた一ト晩居てくれろ

「おあし」という言葉もあるくらい、お金というのは、入ったと思ってもすぐ出てゆく、足の早いものだ。いくら使っても減らないお小遣いがあったらなあと思う人は、きっと大勢いるにちがいない。誰しもが抱くそんな気持ちを五七五に託したのだが、この場合、「ああ、お金がいつまでもあればいいなあ」という心をそのまま述べたのではなく、小判を人間のように見立てて（擬人化《ぎじんか》して）、「是小判たつた一ト晩」と語呂《ごろ》よく呼びかけたところがおもしろい。

これは『柳多留』という本に見いだされる川柳《せんりゅう》である。そして、じつはこれは、「あかぬ事かな〳〵」という句を前に出しておいて（これを前句《まえく》という）、それに付けられた句（付句《つけく》）なのである。

「水無瀬三吟百韻《みなせさんぎんひやくいん》」の項でも説明したように、連歌は『万葉集』の昔にさかのぼり、長句

（一首の和歌として見れば上《かみ》の句）と短句（下《しも》の句）とを別々の人が詠んで付け合わせることに始まった。これを付合《つけあい》という。連歌から分かれた俳諧《はいかい》でも、付合は基本的な形態である。現在われわれが俳句と呼ぶ五・七・五という詩型は、本来百韻や歌仙の発句《ほっく》、または平句《ひらく》のうちの長句が独立したものなのである。

さて、二句だけの付合では、長句（五・七・五）に短句（七・七）を付けるほかに、短句に長句を付けることも考えられる。また、一つの句を前句として提示しておいて、それに大勢の人が付けることもできる。そのように、一方の句を出して、もう一方を大勢が付ける方法を、前句付と呼び、題となる前句に大勢の人々が付句し、それらがまとめられたところで、宗匠《そうしょう》がすぐれた句に点を付けた。これを点者《てんじゃ》という。

江戸時代の中期、江戸に柄井川柳《からいせんりゅう》という、前句付の点者がいた。その選句眼がすぐれていたため、彼が点した作品は川柳点と呼ばれて好評だった。川柳の名はこの川柳点から起こったのである。その川柳点の秀句を集めた本が『誹風柳多留《はいふうやなぎだる》』、略して「柳多留」なのである。その初編の編者は呉陵軒可有《ごりょうけんあるべし》と名のる人物で、明和《めいわ》二（一七六五）年に刊行された。

『柳多留』初編から、いくつかの句を読んでみよう。

かみなりをまねて腹掛《はらがけ》やつとさせ

この前句は、「こはい事かな〳〵」というのである。小さな子どもはお風呂《ふろ》から上がってもなかなか着物を着ようとしないで、裸のまま飛びはねていることがある。そこで親が、「そんなかっこうをしていると、雷様におへそを取られるぞ。そら、ぴかぴか、ごろごろごろ」と、頭に両手の指で角を出して、雷のまねをしておどかし、やっとおなかが冷えないように腹掛けをさせるというのである。昔は「地震・雷・火事・親父《おやじ》」が、こわいものとされていた。現代では最後の親父はどうであろうか。

親父が出たついでに、母親にご登場願おう。

母親はもったいないがだましよい

前句は、「気を付にけり〳〵」である。母親は昔から子どもにたいして甘いと相場が決まっていた。いや、これも「昔は」と言うべきかもしれない。今は、教育ママとかママゴンという言葉もある。

しかし親心はほんとうのところいつになっても変わらないのであろう。

国の母生れた文《ふみ》を抱あるき

前句は、「いさみこそすれ〳〵」である。遠く離れた土地——今なら海外の場合もあるだろう——に住んでいる、息子か娘夫妻から、故郷の母に孫《まご》の誕生を知らせる手紙が届いたのである。老いた母はその手紙を大切に抱きかかえて、あちこちへ行っては喜びを語る。

まるで孫そのもののように……。

碁敵《ごがたき》は憎さも憎しなつかしさ

前句は、「むつましい事〳〵」。落語のマクラに引かれる、人情の機微をうがった句だ。

菅笠《すげがさ》で犬にも旅の暇乞《いとまご》ひ

ひん抜いた大根で道ををしへられ

道問へば一度にうごく田植笠

などというのもある。

神代《かみよ》にもだます工面は酒が入《いり》

というのは、須佐之男命《すさのおのみこと》が八岐大蛇《やまたのおろち》を退治した神話を茶化したもの。川柳にはこのような古典文学に取材し、それをわざと滑稽《こっけい》に変えてしまったものも多い。

そうかと思うと、

鶏の何か言ひたい足づかひ

という句などには、ほとんどふつうの俳句にかよう観察眼が働いている。

川柳の世界にうかがわれる江戸庶民《しょみん》の感性もこのように変化に富んでいる。

44 雨月《うげつ》物語

①読 本
②五巻五冊
③明和五(一七六八)年
④上田秋成
⑤岩波文庫、ソフィア、BC

平安時代のことである。三井寺《みいでら》の僧興義《こうぎ》は絵が巧みであった。それも魚を描くのが好きで、琵琶湖《びわこ》に小舟を浮かべては、漁師が捕った魚を買い取って、それをもとの入江に放ち、その魚たちが遊ぶさまを見て描いていた。

夢の中で自身、入江に入って、さまざまの魚と遊ぶと見て、目が覚めてからその有様を描いて、「夢応《むおう》の鯉魚《りぎょ》」と名づけていた。あるとき七日患《わずら》って息絶えたので、弟子や知人たちは嘆き悲しんだが、胸のあたりがまだ温かいので見守っていると、三日たって息を吹き返し、「檀家《だんか》の平《たいら》の助《すけ》殿がいま酒宴を開いているはずだから、それを中止しておいでいただくように言ってくれ」という。使が不思議に思いながら助の館《たち》に行くと、はたして助は一族郎等《ろうどう》と酒盛りの最中であった。不審がる助にたいして、興義は言う。「あなたは漁夫の文四に魚を注文されたでしょう。」「はい。どうしてご存知なんですか」と驚く助にたいして、興義は、注文した大きな鯉《こい》が運び込まれたときの助一族のありさま、その鯉を料理人が鱠《なます》にしたことまでをくわしく述べたが、それがことごとく当たっていたので、いよいよ不思議がった。興義は語った。「わたしは自分が死んだのも知らず、熱をさまそうとして琵琶湖のほとりに行き、湖水に入って泳いでいるうちに、魚のように遊びたいという心が起こりました。すると、そばにいた一尾の大魚が『それはたやすいことです』と言って、水底に去ったと見ると、今度は冠《かんむり》装束《しょうぞく》した人がさっきの大魚にまたがってやってきて、『水神のお言葉です。貴僧はかねがね放生《ほうじょう》の功徳《くどく》を多く積まれたので、お望み通り仮りに金色の鯉の服を授けます。ただし、餌《えさ》に目がくらんで釣糸にかかることのないように』と告げたかと思うと、見えなくなってしまいました」。

　不思議のあまりにおのが身をかへり見れば、いつのまに鱗金光《うろこきんくわう》を備へて、ひとつの鯉魚と化《け》しぬ。あやしとも思はで、尾を振り鰭《ひれ》を動かして、心のままに逍遥《せうえう》す。まづ長等《ながら》の山おろし、立ちゐる浪に身を乗せて、志賀の大湾《おほわだ》の汀《みぎは》に遊べば、かち人の裳《も》の裾濡《すそぬ》らす行きかひにおどされて、比良《ひら》の高山影うつる、深き水底《みなそこ》に潜《かづ》くとすれど、かくれ堅田《かただ》の漁火《いさりび》によるぞうつつなき。ぬば玉の夜中の潟《がた》に宿る月は、鏡の山の峰にすみて、八十《やそ》の湊《みなと》の八十隈《くま》もなくておもしろ。沖津島山、竹生《ちくぶ》島《しま》、波にうつろふ朱《あけ》の垣こそ驚かるれ。さしも伊吹の山風に、旦妻船《あさづまぶね》も漕《こ》ぎ出づれば、芦間《あしま》の夢をさまされ、矢橋《やばせ》の渡りする人の水《み》なれ棹《さを》をのがれては、瀬田の橋守にいくそたびか追はれぬ。日暖かなれば浮かび、風荒き時は千尋《ちひろ》の底に遊ぶ。

「こうして快適に水中を遊泳しているうち、急にお腹がすいてきたのですが、なにも餌《えさ》がないときに、文四が釣糸を垂れているのに出会ったのです。はじめは水神の戒めを守っていたのですが、とうとう我慢できないで、餌をのみこんだとたん、文四に捕えられてしまいました。『わしをどうするんだ』と叫んでも、文四は知らん顔をして、わたしの腮《あぎと》（あご）を縄で貫き、籠《かご》に押し込んで、あなたの家に入りました。あとはご存知の通りです。わたしは皆さんに向かって声を張りあげて、『皆さんは興義をお忘れですか。自由にしてください。寺に帰してください』と叫んだのですが、皆さんはそしらぬふりで、ただ魚の大きいのに感嘆していらっしゃる。そしてとうとう『助けてくれ、助けてくれ』と泣き叫んでも聞かれず、切られたと見て、夢は覚めたのです」。

助の家の人々は、「そういえば、魚はしきりに口を動かしていたが、声はいっこうに聞こえませんでした」と言って、のこりの鱠は湖に捨てさせた。興義はそののちはるかして天寿をまっとうした。死ぬ間際に、描いた鯉の絵を湖に流すと、鯉は画布から離れて水中で遊び戯れた。だから、興義の絵は世に伝わらないのである。

これは上田秋成《うえだあきなり》の読本《よみほん》『雨月物語』巻之二「夢応の鯉魚」という話のあらすじである。五巻から成るこの小説集は明和《めいわ》五（一七六八）年書き上げられ、安永五（一七七六）年四月出版された。全部で九編の物語を収めている。まず、巻之一が「白峰《しらみね》」と「菊花の約《ちぎり》」、巻之二が「浅茅《あさぢ》が宿《やど》」とこの「夢応の鯉魚」、巻之三が「仏法僧《ぶつほふそう》」と「吉備津《きびつ》の釜《かま》」、巻之四は「蛇性《じやせい》の淫《いん》」ただ一話、そして巻之五が「青頭巾《づきん》」と「貧福論」である。

「夢応の鯉魚」は見てきたように生死の境で鯉となった僧の話だったが、「白峰」「菊花の約」「浅茅が宿」「仏法僧」などには幽霊が登場する。「吉備津の釜」は嫉妬《しつと》深い女の死霊のたたりの恐ろしさ、「蛇性の淫」は蛇と人間との怪しい恋愛と結婚が主題、「青頭巾」は生きながら鬼となった僧の物語、最後の「貧福論」にはお金の神が現れるといった具合で、『雨月物語』は、すべて現実にはありえないような怪しいことをいかにもありうべきことのように語っている、怪異小説集なのである。そして、その背後には『剪灯新話《せんとうしんわ》』『古今小説』というような中国の小説類や、『万葉集』『保元《ほうげん》物語』など日本の古典についての秋成の豊富な知識が、縦横に駆使されている。物語の語り手としての秋成は非凡である。彼の語り口を通すと、人間の思いつめた情念というものはとうてい信じられないようなことをも成し遂げてしまう力を潜ませているのかもしれないという気になってくる。

45 金々先生栄花夢《きんきんせんせいえいがのゆめ》

①黄表紙
②二　巻
③安永四(一七七五)年
④恋川春町
⑤新古典全集(黄表紙・川柳・狂歌)

東京の目黒は、お江戸の昔は竹藪《たけやぶ》の多い村里だった。きっと、大名などの鷹狩《たかが》りにうってつけの場所だったので、「目黒の秋刀魚《さんま》」のような落語も生まれたのであろう。ここには古くから目黒不動尊があって、人々の信仰を集めている。目白関口の目白不動、本郷本駒込の目赤不動とともに三不動と呼ばれるなかでも、最も有名なお不動さんである。その門前のお茶屋では粟餅《あわもち》を名物として売っていた。

あるとき、江戸へ出てお金をため、幸福な生活を送りたいという希望を胸に、地方からやってきた若者が、餅屋に寄って粟餅を注文した。おりしも、粟餅はまだできていなかったので、若者は餅屋の奥座敷に通り、そこにありあわせた枕《まくら》を引き寄せて、一寝入りした。すると、立派な駕籠《かご》がやってきて、若者を乗せ、神田《かんだ》の八丁堀《はっちょうぼり》につれて行く。跡取りのいない和泉屋《いずみや》という大商人の養子になってくれというのであった。若者は養子となり、豊かな財産を相続し、贅沢三昧《ぜいたくざんまい》の生活にふけり、吉原《よしわら》や深川に入りびたって傾城《けいせい》と仲良くなる。若者はもともと金村屋金兵衛《かなむらやきんびょうえ》といったので、取り巻き連中は、金々《きんきん》先生とあだ名しておだてた。なかでも手代《てだい》の源四郎というのが悪い男で、金々先生のご機嫌をとって金を使わせては、うまい汁を吸っていたのである。金々先生は、そんなこととはつゆ知らず、

ただ阿弥陀《あみだ》の光も金ほどにて、山吹色（小判《こばん》）をまきちらすゆゑ、みな金々先生ともてはやしける。（下）

こんな具合に遊興に明け暮れていては、いくらばくだいな財産だってなくなってしまう。すると、源四郎は和泉屋の養父に勧めて、金々先生の立派な着物をはいで、養子として迎えられる以前の姿にして、追い出させてしまう。

金々先生追ひ出され、今は立ち寄るべきかたもなく、いかがはせんとあきれはて、途方にくれて嘆きゐけるが、粟餅の杵《きね》の音に驚き、起き上つて見れば、一すい（一睡・一炊）の夢にして、あつらへの粟餅いまだ出来あがらず。

金兵衛は粟餅屋の奥座敷で、餅ができるまで一眠りした夢に、栄華をきわめてそれから落ちぶれるという一生を見てしまったのだった。

「……さすれば人間一生の楽しみも、わづかに粟餅一臼《うす》の内のごとし」とはじめて悟り、これよりすぐに在所へ引込みける。

（女）「もしもし、餅が出来ました」（下）

これは、黄表紙と呼ばれる江戸小説本『金々先生栄花夢』という作品で語られるお話である。この作品は安永四（一七七五）年恋川春町《こいかわはるまち》が、文・絵ともに一人で作った。

黄表紙というのは、文字通り黄色い表紙をつけ、本文一枚ごとに挿絵《さしえ》を入れた薄い小説本だが、似たような形で表紙の赤い赤本、黒表紙の黒本、青っぽい表紙の青本などの読み物が、これ以前にあった。それらは、「猿蟹《さるかに》合戦」のような子ども向きのものや、古浄瑠璃《こじょうるり》に関係の深い、たわいない内容のものだったが、この『金々先生栄花夢』が黒本や青本の形にならいながら、右に述べたような大人向きの小説として現れるにおよんで、新たにこの種類の小説本を黄表紙と呼ぶにいたったのである。その意味でも、この作は画期的なものである。やがて、黄表紙は長編化し、何冊も合わせて綴《と》じる合巻《ごうかん》という形式が生まれる。初期の赤本から黒本・青本・黄表紙、そして合巻などをひっくるめて、草双紙《くさぞうし》と呼んでいる。草双紙では文だけではなく、挿絵がたいそうもてはやされた。あるいは文章よりさきに絵のほうが読者にアッピールしたのかもしれない。文章は絵の空白部分にこまごまと書かれているほか、登場人物のせりふとして、人物のそばに書き入れられている。さきに引いた例でいえば、「もしもし、餅が出来ました」という餅屋の女の言葉が、このせりふの部分である。現代の劇画にも通ずるものが草双紙のグループであった。

『金々先生栄花夢』の作者恋川春町とはペンネームで、本名は倉橋格、通称寿平といった、駿河《するが》小島藩の武士である。同藩の上屋敷《かみやしき》があった江戸小石川春日町《かすがちょう》にちなみ、また有名な浮世絵師勝川春章《かつかわしゅんしょう》をもじった戯作者《げさくしゃ》名であった。文と絵とを一人で作る黄表紙はもともと絵師志望の彼に最もふさわしい形の本だったといえるであろう。

この作品には古典の下敷きがある。つまり、中国の李泌《りひつ》という人の書『枕中記《ちんちゅうき》』に語られている、邯鄲《かんたん》の枕とか、黄粱一炊《こうりょういっすい》の夢、盧生《ろせい》の夢などと呼ばれる故事と、それに基づく謡曲「邯鄲」の筋を、江戸時代に移し、庶民《しょみん》に身近な話としたのである。邯鄲の枕の故事は、人々を人生での栄華などはしょせんはかないものという一つの認識へと導く寓話《ぐうわ》だが、この作品はこっけいで少々たわいない感じをあたえる。けれども、中国の珍書を読んだり能を観たりする機会がほとんどなかった江戸の庶民たちにとっては、この程度のものでもやはり人生を考える一つの手がかりにならなかったとは断言できない。この作品がたいそうもてはやされた理由は、趣向のおもしろさや春章風の挿絵もさることながら、その底にやはりなにか考えさせるものがあったからではないだろうか。

46 蕪村《ぶそん》句集

①俳諧
②二冊
③天明四(一七八四)年
④几董《きとう》編
⑤岩波文庫、ソフィア

与謝蕪村《よさぶそん》は広い空間を画布《カンバス》として、言葉の絵具で、

菜の花や月は東に日は西に

という春景色を描き出した、俳人であり、画家である。彼は文化が爛熟《らんじゅく》した江戸時代の中期に生まれ育った。

芭蕉《ばしょう》には蕉門《しょうもん》十哲と呼ばれるすぐれた弟子たちが大勢いた。其角《きかく》・嵐雪《らんせつ》・支考《しこう》・許六《きょりく》・去来《きょらい》・丈草《じょうそう》・野坡《やば》・越人《えつじん》・北枝《ほくし》・杉風《さんぷう》等である。そして蕉風俳諧《はいかい》が大いに行われたが、普及とともに俗化も避けられなかった。

蕪村はその平俗な俳諧にあきたらず、ひたすら芭蕉を慕い、直接芭蕉の心に立ち返ることを願った人であった。本姓は谷口、のちには与謝氏を称した。享保《きょうほう》元(一七一六)年摂《せっ》津国毛馬村《つのくにけま》に生まれている。

やぶ入《いり》や浪花《なには》を出《いで》て長柄《ながら》川《がは》

に始まり、

○古駅三両家猫児妻を呼妻来らず《こえきノさんりやうけべうじ　よぶ》

○たんぽ、花咲り三々五々五々は黄に《きけ》

三々は白し記得す去年此路よりす《きとく　このみち》

○憐みとる蒲公茎短して乳を浥《あはれ　たんぽぽ　みじかう　ちち　あませり》

○むかしくしきりにおもふ慈母の恩

と連想が展開し、親しかった友人太祇《たいぎ》の「藪入《やぶいり》の寝るやひとりの親の側《そば》」の句で終わる和詩「春風馬堤曲《しゅんぷうばていのきよく》 十八首」には、その生まれ故郷の風景がよく写し取られている。

二〇歳ぐらいまでには江戸に出て、二二歳のとき宋阿《そうあ》（巴人《はじん》）に入門、宰鳥《さいちょう》といっていた。寛保《かんぽう》二（一七四二）年二七歳のとき、師の宋阿が没した。その後、蕪村と号し、関東から東北地方を旅した。その間、所々に絵ものこしている。蕪村は池大雅《いけのたいが》とともに文人画《ぶんじんが》をもって知られているのである。最初に俳人であり、画家であると言ったのは、このことによる。

三六歳のとき、上京した。その庵《いおり》は夜半亭《やはんてい》といった。妻をめとったのは、四五歳頃のことである。なくなったのは、天明三（一七八三）年一二月二五日であった。

蕪村の叙景句としてよく知られているものを、いくつかあげてみよう。

春の海終日《ひねもす》のたり〳〵哉《かな》
不二《ふじ》ひとつうづみ残してわかばかな
さみだれや大河《たいが》を前に家二軒
月天心《てんしん》貧しき町を通りけり
大《だい》とこの糞《くそ》ひりおはすかれの哉

「大とこ」は大徳で、高僧のこと。この大徳は西行《さいぎょう》などであろうか。気取らない俳画の趣があって、少しも汚い感じをあたえない。

たんぽ、のわすれ花あり路《みち》の霜

というように、なにげない小風景をとらえた句にも、よいものが見いだされる。

蕪村の感覚はじつに鋭い。

蚊の声す忍冬《にんどう》の花の散ルたびに

というのは、かすかな蚊の羽音をとらえた句だが、聴覚だけではなく、忍冬（スイカズラ）の甘い芳香も漂ってくるような感じがする。

愁《うれ》ひつ、岡にのぼれば花いばら

という句を愛する人も多い。やはり花茨《いばら》、野ばらの香が迫るようである。蕪村は王朝文学や中世の軍記物語の世界にしばしば取材している。

白梅《はくばい》や墨芳《かんば》しき鴻臚館《こうろくわん》
公達《きんだち》に狐化《きつねばけ》たり宵の春

みじか夜を眠らでもるや翁丸《おきなまろ》（『枕草子』「上にさぶらふ御猫は」の段を踏まえた）
きじ啼《なく》や草の武蔵《むさし》の八平氏《はちへいじ》
鳥羽殿《とばどの》へ五六騎いそぐ野分《のわき》哉

中国古典にもとづく句もかなり残している。

指南車《しなんしや》を胡地《こち》に引去《ひきさ》ル霞《かすみ》哉
易水《えきすい》にねぶか流る、寒《さむさ》かな

これらは『史記』や漢詩の世界を髣髴《ほうふつ》とさせるものがある。
正岡子規《まさおかしき》・萩原朔太郎《はぎわらさくたろう》など、近代の俳人や詩人にも、芭蕉に劣らず蕪村を高く評価する人は少なくない。国木田独歩《くにきだどつぽ》は『武蔵野』の中に、蕪村の、

山は暮《くれ》て野は黄昏《たそがれ》の薄《すすき》哉

という句を引いている。
さて、みなさんは蕪村のどんな句が好きになりましたか。

47 東海道中膝栗毛《とうかいどうちゅうひざくりげ》

①滑稽本
②九　編
③文化一一（一八一四）年
④十返舎一九
⑤新古典全集

きっと皆さんのまわりにも、たとえば東北本線や日豊《にっぽう》本線などの駅名を、起点から終点まで、早口で正確に言ってのけるという芸を誇る鉄道マニアが一人二人はいることだろう。では、東海道五十三次《つぎ》を正確に言えますか。これはいささかむずかしい。手軽に五十三次を知りたい人は、たとえば『広辞《こうじ》苑《えん》』を引いてください。「東海」の見出しに追い込んで、品川から大津まで、東海道五十三次が列挙してあります。地名の中には今と昔とではちがう所もあるから、言えるだけでなく、今のどこかを知ることもたいせつでしょう。

これは単なる物知り博士になるための訓練ではない。東海道は江戸と上方《かみがた》、京・大坂を結ぶ幹線道路だった。江戸時代以前は、京と鎌倉、西日本と東日本を結ぶパイプラインだった。多くの人や馬や物資が、そして有形無形の文化が、この道筋を通った。だから、この道筋の駅々を知っていることは、なにかと便利なのである。

文化は初め、西から東へと移った。しかし、のちには東から西へという流れも生まれた。

じつに多くの文学作品がこの政治・経済・文化の大動脈を舞台として生まれている。それらは海道文学と総称してもよいであろう。その中で最も一般の人々に広く親しまれているのは、十返舎一九《じっぺんしゃいっく》の滑稽本《こっけいぼん》『東海道中膝栗毛』九編、弥次郎兵衛《やじろべえ》と喜多八《きたはち》のおかしな道中記である。この本は享和《きょうわ》二（一八〇二）年から文化一一（一八一四）年まで書き継がれた。

彼ら二人の五十三次の滑稽道中の一齣《こま》を抜き読みしてみよう。芭蕉《ばしょう》の句に、

夏の月御油《ごゆ》より出でて赤坂や

というのがある。御油も赤坂も東海道の宿駅だが、その間は一六町（一七五〇メートル弱）、五十三次の中で最も距離が短い。芭蕉は夏の短夜に出る月を、御油から赤坂まで、この短い駅と駅との間を行く旅人になぞらえたのだが、そそっかしい弥次郎兵衛はこの短距離の区間で狐《きつね》に化かされた。いや、化かされたと思い込んでしまったのである。事の起こりは、喜多八（北八）が「赤坂までわつちが先へ行つて、いい宿を取りやせう。おめえくたびれたなら、跡から静かに来なせえ」と言って、一足先へ行ったからだった。

弥次郎兵衛あまりにくたびれければ、まづこの所はづれの茶店《きてん》に腰を掛けたるに、あるじの婆《ばば》、「アイ茶アまゐりませ　弥次「モシ赤坂まではもう少しだの　ばば「アイたんだ十六丁おざるが、お前一人なら、この宿《しゅく》に泊らしやりませ。この先の松原へは、悪い狐が出おつて、旅人衆《たびうとしゅ》がよく化かされ申すハ　弥次「そりやア気のねえ話だ。し

かしここへ泊りたくても、連れが先へ行つたからしかたがねえ。ヱ、きついこたアねえ。やらかしてくれう。アイお世話　ト茶代を置き、この所を立ち出で行くに、暗さは暗しうそ気味悪く、眉毛《まゆげ》に唾《つば》を付けながら行く。はるか向うにて、狐の鳴く声「ケン引く〳〵　弥次「ソリヤ鳴きやアがるハ。おのれ出て見ろ。ぶち殺してくれう　ト力《りき》みかへつてたどり行くに、北八も先へ駆け抜け、この所まで来りしが、これもここへ狐が出るといふ話を聞きて、もしも化かされてはつまらぬと、弥次郎を待ち合せ、連れ立ち行かんと思ひ、土手に腰を掛け、煙草《たばこ》のみゐたりけるが、それと見るより　北八「ヲイ〳〵弥次さんか　弥次「ヲヤ手前《てめえ》なぜここにゐる　北八「宿取りに先へ行かうと思つたが、ここへはわりい狐が出るといふことだから、一所に行かうと思つて待ち合せた　トいふに弥次郎心つき、こいつきやつめが、北八に化けたなと思ひければ、わざと弱味を見せず　弥次「糞《くそ》くらへ。そんなでいくのぢやアねえハ　北八「ヲヤお前《めえ》何を言ふ。そして腹がへつたらう。餅を買つて来たから食ひなせえ　弥次「馬鹿アぬかせ。馬糞《ばふん》がくらはれるものか　北八「ハハハハハハ、コレおれだはな　弥次「おれだもすさまじい。北八にそのままだ。よく化けやアがつた、畜生め　北八「アイタタタタ、弥次さん、コリヤどうする　弥次「どうするもんか。ぶち殺すのだ　トうつかりした所をぐつと突き倒して、弥次郎その上へ乗りかかり押へる　北八「あいたあ

いた　弥次「痛かア正体をあらはせあらはせ　北八「アレサ尻《しり》へ手をやつてどうする
弥次「どうするもんか。尻尾《しつぽ》を出せ。出さずばかうする　ト三尺手拭《てぬぐひ》を解き、北八が手を後へまはしてしばる。（四編上）

こうして、北八を先に立てて、弥次郎は赤坂の宿へ入り、犬を見つけて、北八にけしかけるが、北八は狐が化けた人間ではないから、犬を見てもこわがらずに、いけしゃあしゃあとしている。弥次郎もやっと本物の北八かと悟って、しばっていた手拭を解いてやる。

弥次「ホンニ北八了簡《りやうけん》しや。おらア実《じつ》に、本当の狐だと思ひつめた　北八「ばかばかしい目に会つた。いまだにこの手首がぴりぴりする　弥次「ハハハハハ、しかし待てよ。かうはいふものの、やつぱりこれが、化かされてゐるのぢやアねえか

こんな二人のことだから、行くさきざきで失敗だらけである。大失敗をやらかした挙句《あげく》のはては、狂歌を詠んで、おもしろおかしく東海道五十三次の旅を続けるのだった。彼らの旅には、「旅の恥はかきすて」といったところがある。行儀《ぎようぎ》のいい人が眉をひそめそうな挿話も多い。だが、彼らがあけっぴろげな善人であることは保証していい。

48　浮世風呂《うきよぶろ》

①滑稽本
②四　編
③文化一〇（一八一三）年
④式亭三馬
⑤新古典大系

古都ローマの市中にカラカラ帝の浴場という遺跡がある。広さ三三〇平方メートル、一時に一六〇〇人が入浴できたという大規模なものであった。お風呂《ふろ》に入れるだけではなくて、体育室や学習室、図書室、それに礼拝堂まであったという。入場料はたいそう安く、浴場は文字通りローマ市民の社交の場であった。ローマの夏はひどく暑いから、大浴場で汗を流すことは、市民にとって大きな楽しみであり、いこいでもあったのだろう。

日本の夏も暑い。しかも湿度が高い。お風呂は日本人の生活に欠かせない。それで、風呂屋、銭湯《せんとう》が発達した。この銭湯も庶民《しょみん》の社交場であり、ときには遊興の場ともなった。式亭三馬《しきていさんば》の『浮世風呂』四編は、銭湯の朝、昼、午後の風景、正月や秋の風呂屋のありさまを、老若男女《ろうにゃくなんにょ》さまざまなお客の会話を通して、いきいきと描いた滑稽本《こっけいぼん》である。

朝の男湯をのぞいてみよう。

▲四十余りの男、六ツばかりの男の子の手を引き、猿回しのやうに背中へ負《お》ひしは、

三ツばかりの女の子。竹でこしらへたる持遊びの手桶《てをけ》と、焼物の亀の子を持たせて、なまのろい口拍子　よいよいよいよ、アそりやそりや来たぞ。おぶうはどこだ。兄さんヤ、ころびなさんなよ。よく下を見てお歩きよ。アよいよいよいよ。アおぶうはここだ。

この男は金兵衛《きんべえ》という。さて、風呂に入って、親子三人の会話が続く。女の子のほうはまだ舌もよく回らない。

兄「おとつさ゚ん（「さ゚」は tsa と発音する）、モウ出よう　金「まだまだ、モツト温《あつたま》つて　兄「それでもせつねえものを　金「ナニ、おとなしくねえ。鶴《つう》はこれほどおとなしいものを。サアサア、兄さんも鶴も歌をうたいな　兄「おウ月様いイくウつウ十三ななつ　金「そりや　兄「まだ年ヤわアけえなア　金「あの子を生んで　兄「この子を生んで　金「サア〳〵、鶴もうたひな　妹「お万だかちよ　金「オオオオ、お万に抱かしよ。それから「さアそれから　妹「太鼓《たいこ》あつて　金「ナニナニまだサ。お万どうけつた　兄「油買ひに茶ア買ひに　金「アリヤ、兄さん上手だよ　兄「油屋の縁で　妹「氷張《こいあ》つて　金「オオ、氷が張つて　兄「すべつてこオろんでエ　金「あアぶら一升《いつせう》こウぼしたア　金「サア、鶴もいひな。その油《あぶ》どうちたト。サアいひな「次郎《じろ》どんの犬と　兄「わアイわアイ、おとつさ゚ん違つたア。太郎どんだものを　金「みん

ななめて　妹「ちイまつた　金「おとつざんは忘れますのうハハハハハ　兄「その犬どうした　金「サアサア、そこだそこだ　妹「太鼓張《あ》つて　兄「あつちら向いちやアドドドン　金「こつちらもドドドン　兄「さうぢやアねえ。こつちら向いちやアどどどん　金「ホイさうか。アどんどんどんよ。サア、あがりましよ。ハイ、出ますもの、子供子供。おつかアが待つてゐるだらうぞ。お芋《いも》か、餅《あんも》か、何でもいい子になつた御褒美《ごほうび》に待ち待ちしてゐるだらう。ヤレ、いい子になつたぞ。アリヤアリヤ、初《はつ》がお浴衣《ゆかた》を持つて、お迎ひに来たぞ　妹「はちゆべべ　金「オオオオ「サア、初や、あげるぞよ。ヤレ、いい子になつたぞ（前編巻之上）

全編ほとんどこのような会話体である。これは当時の江戸庶民の話し言葉の資料としても貴重である。この作品は、文化六（一八〇九）年から同一〇年にかけて刊行された。式亭三馬《しきていさんば》は、本名を菊地泰輔《たいすけ》といった。先祖は鎮西《ちんぜい》八郎為朝《ためとも》を祭る神社の神主であったというが、三馬の父は江戸へ出て版木師《はんぎし》を家業としていた。三馬自身も本屋に奉公し、また本屋を始めるかたわら、黄表紙・合巻《ごうかん》などの戯作《げさく》を試みたのである。彼の合巻『雷《いかずち》太郎強悪《ごうあく》物語』は悪人が残酷な殺人をおかす殺伐《さつばつ》な敵討物《かたきうちもの》だが、合巻としては早いもので、たいそう人々に迎えられた。滑稽本としては、『浮世風呂』に続いて発表した『浮世床《うきよどこ》』も好評だった。これは床屋（理髪店）を舞台として、さまざまなお客気質《かたぎ》を書き分けている。『早変胸機関《はやがわりむねのからくり》』という作品では、まず遊興している人間たちの姿を見せておいて、次のページでそれが骸骨《がいこつ》たちであるという図を掲げたり、一ページを上下に切って、うわべの姿をめくると隠れたほんとうの姿が現れるような仕掛けをしたりしている。『人間万事虚誕計《うそばつかり》』という作品でも、人間の嘘《うそ》のさまざまを例示してみせた。

魚売のうそ「御覧《ごらう》じろ、本《ほん》江戸前《めへ》だ、わっちらが売るのは物が違ひやす。コレぴんぴん生きていやすはな。

といった類の短いのから、もう少し長い文章で、たとえば、ふいのお客にお茶漬《ちやづ》けを勧めるおかみさんのうそと、それを満腹だと言って辞退するお客のうそと、お客が帰ったあとほっとするおかみさんのまことと、お茶漬けを食べてこなかったのを後悔するお客のまことをというぐあいに、さまざまな階層の人間の建て前と本音を対照させたりしている。このような人間の本性をあばいてみせることを、「うがち」と言った。うがちの巧みさが三馬の滑稽本の評判を高めたのである。

49 南総里見八犬伝《なんそうさとみはっけんでん》

①読本
②九輯《しゅう》一〇六冊
③天保一二(一八四一)年
④曲亭馬琴
⑤古典集成、BC

「あなたは姓名判断を信じますか」——もしもこんな質問をされたら、とっさには返答できかねる人も少なくないのではないだろうか。姓名判断をしてもらったことのない人もきっと大勢いるにちがいない。しかし、名前なんて単なる符号か記号にすぎないと思っている人もあまりいないだろう。たいていの人が自分の名前に愛着をもっている、名前が自分にふさわしいと感じている。なかには、自分の名前が気に入らなくて、改名したりする人もいる。いずれにしても、名前と自分自身とが無関係だとは考えていない。

現代よりも昔は、そのような考え方がもっとずっと強かった。「名詮自性《みょうせんじしょう》」という言葉がある。「名がそのものの本質を表すこと。名と実体が合っていること」(『広辞苑《こうじえん》』)。諺《ことわざ》にいう、「名は体を表わす」という意味である。曲亭馬琴《きょくていばきん》はこの言葉を好んで用いた。彼はその作品中に、伏姫《ふせひめ》というお姫様をつくり出し、この姫が犬に慕われて子どもならぬ白玉を生むという、奇想天外な構想を考え出した。そして、そのような姫の運命は、伏姫と名づけられたときから決まっていたのだという。この名前は姫が夏の最も暑い盛り、三伏《さんぷく》の候に生まれたのでつけられたのだが、「伏姫の伏の字は、人にして犬に従ふ。この殃厄《まがつみ》のあるべき事、襁褓《むつき》の中《うち》より定まる所か。名詮自性といひつべし」――姫の父里見義実《さとみよしざね》はそのようにさとって、かけがえのない姫を犬にあたえるという、この上ない苦しみ、悲しみを甘受しようとした。それが姫の宿命なのだ。人間は誰も宿命にはさからえないのだという考えが、そこにはある。

このような数奇《すうき》な運命を負ったお姫様がでてくる、日本はじまって以来の長編小説が、『南総里見八犬伝』である。物語は室町時代のなかば、永享《えいきょう》・嘉吉《かきつ》の頃にさかのぼる。結《ゆう》城《き》合戦に敗れた里見義実は、父季基《すえもと》の教えに従って、戦場を逃れて、房総の地へ渡り、乱世の梟雄《きょうゆう》山下定包《さだかね》を討って安房《あわ》の国をなかば領有した。さらに同国の安西景連《あんざいかげつら》に攻められて苦境に陥ったとき、義実は戯れに、飼い犬の八房《やつふさ》に、「お前が敵将景連を食い殺したならば、わたしの婿《むこ》にして、伏姫をあたえよう」と言ったのである。すると、八房はじっと義実を見つめてから、わんとほえて姿を消したが、自害を決意している主従の席へ景連の生首《なまくび》をくわえてきた。将を殺された敵軍は潰滅《かいめつ》状態となり、義実は安房の国主となった。その代わりに、さきに述べたような伏姫を八房にあたえるという苦しみに堪えねばならなかった。山下定包の側室玉梓《たまずさ》の怨霊《おんりょう》が八房にとりついて、このような形で義実にたたっていたのである。八房は伏姫を背に乗せて安房の富山《とみさん》に入る。姫はこの山中で読経に明け暮れして二年の春秋を送った。そのうち、身体がふつうでないことに気づき、不思議な草刈《くさかり》童《わらべ》から、八房の気を受けて懐妊《かいにん》していることを告げられる。姫は恥じて、入水《じゆすい》を決意したが、八房を狙《ねら》い撃《う》ちした忠臣金碗大輔《かなまりだいすけ》に、誤って八房もろとも撃たれる。そして、一旦《いつたん》生きかえったのち、みずからその腹を裂いて死んだ。すると、傷口から白気がたなびき、姫が襟《えり》に掛けていた水晶《すいしよう》の珠数《じゆず》が切れて、一〇八の珠《たま》のうち、仁・義・礼・智《ち》・忠・信・孝・悌《てい》の八字が一字ずつおのずと現れている八つの珠は、流星のような光を放って、八方に散った。この珠を授かった、生まれ育った場所も性格もみなちがう八人の若者、八犬士が運命の糸にあやつられてしだいにめぐり合い、兄弟の誓いを固めて、やがて里見家に仕えるにいたるのである。

中国の『水滸伝《すいこでん》』に学んだこの歴史小説の筋はひどく入り組んでいて、とうてい述べきれない。そこで、馬琴の文章の一つの見本を掲げるにとどめておく。

夏を忘るる浦風に、蘆葉《あしのはそよ》戦ぎて、夕陽《せきやう》の影を紊《みだ》し、水や天《そら》なる走帆《はしりほ》に、沙鳥《いそどり》飛びて、江山《かうざん》の雲に入る。江に臨み石に坐《ざ》するとき、万事只《ただ》無心なり、竿《さを》を揚げ綸《いと》を垂るるとき、三公にも換へがたし、と古人のいひけん宜《むべ》なるかな。一波動きて、万波皆従ひ、細鱗《さいりん》踊りて、巨魚《こぎよ》あるを知る。楽みいまだ央《なかば》ならず、と見れば、あやしき放れ舟、潮に引かれ、波に揺られて、河源《かはかみ》より流れ来つ、水澪木《みをきせ》に堰かれて、招かずも、こなたの岸に着くを見れば、船中に両個《ふたり》の武士あり。此彼《これかれ》倒れて死せるがごとし。（第四輯《しゅう》巻之一第三一回）

八犬士の一人犬塚信乃《しの》とこれも犬士の犬飼現八《げんはち》とが、おたがいにまだ因縁を知らぬまま、大利根に臨む許我《こが》成氏《なりうじ》の芳流閣《ほうりゅうかく》の高い屋根の上で組み打ちをして、利根川に繋《つな》がれた小舟の中に落ち、そのまま下流に漂流したのち、行徳《ぎょうとく》の入江で古那屋《こなや》文五兵衛《ぶんごべえ》に見つけられ、助けられる場面である。悲壮な決闘叙述ののちの静かな自然描写は、読者にも安らぎをあたえる。

曲亭馬琴、滝沢解《とく》は武士の家に生まれ、自身も小姓として仕官したこともあったが、あちこちを渡り奉公したのちに、戯作者《げさくしゃ》山東京伝《さんとうきょうでん》に入門した。しかし、のちには師をしのぐ大作家となった。性質は尊大のようでまた小心翼々《しょうしんよくよく》としていたともいうが、並はずれた努力家でもあった。『南総里見八犬伝』九輯一〇六冊は、文化一一（一八一四）年一一月から天保《てんぽう》一二（一八四一）年八月（刊行は翌一三年三月）まで、二八年もかかっている。その間、彼は目を病み、嫁のおみちに口授筆記《くじゅひっき》させて、この大作を完成させたのであった。

50 東海道四谷《よつや》怪談《かいだん》

①歌舞伎
②五幕七場
③文政八(一八二五)年
④鶴屋南北(四世)
⑤古典集成

「もう一度質問します、あなたは幽霊《ゆうれい》の存在を信じますか」——おそらく、この問いにたいする答えはまちまちだろう。幽霊の、というか怨霊《おんりょう》のたたりを信ずる人はいまでもいる。少なくとも、「東海道四谷怪談」を芝居《しばい》や映画で演ずる際には、俳優たちはいまでもお岩さんのたたりを恐れて、東京四谷のお岩稲荷《いなり》にお参りする。お参りを怠ると、上演中にけがをしたり、事故が起こったりするという。

「東海道四谷怪談」は四世鶴屋南北《つるやなんぼく》作、五幕七場の歌舞伎《かぶき》芝居で、文政八(一八二五)年七月末から江戸中村座で初演された。

この芝居の主役、民谷伊右衛門《たみやいえもん》は悪人である。しかも男前である。こういう役柄を色悪《いろあく》という。彼は塩冶判官《えんやはんがん》の浪士《ろうし》だが、主君の仇《あだ》を報ずる気持ちはさらさらない。四谷左門《よつやさもん》の娘お岩を妻としていながら、舅《しゅうと》からその不行跡《ふぎょうせき》をなじられて、闇討《やみう》ちにしてしまう。そして、主の仇高野師直《こうのもろなお》に仕える隣家の伊藤喜兵衛《きへえ》の孫娘お梅に思われ、お岩という妻がいながら伊藤の婿《むこ》となり、仕官しようとする。喜兵衛は伊右衛門にお岩のことを思い切らせるために、薬といつわって顔形の変わる毒薬を贈る。これを飲んでお岩の美しかった顔は、たちまち恐ろしい形相《ぎょうそう》になる。按摩《あんま》の宅悦《たくえつ》から鏡を突きつけられて初めてそのことを知ったお岩は、伊右衛門と伊藤の一家を呪《のろ》って死ぬ。

お岩　母の形見のこの櫛《くし》も、わしが死んだらどうぞ妹へ。◯〔思い入れ〔せりふをいわずに感情を表わす演技〕の記号〕アア、さはさりながら、お形見のせめて櫛の歯を通し、もつれし髪《かみ》を。オオ、さうぢや。◯

トまた唄になり、件《くだん》の櫛にて髪を梳《す》く事。赤子泣く、宅悦、いぶりつける。お岩は梳き上げし落ち毛、前へ山のごとくにたまるを見て、櫛も一ツに持つて

今をも知れぬこの岩が、死なば正《まさ》しくその娘、祝言さするはコレ眼前、ただ恨めしき伊右衛門殿、喜兵衛一家の者どもも、なに安穏《あんをん》におくべきや。思へば思へば、エエ恨めしい

ト持つたる落ち毛、櫛もろとも一ツにつかみ、きつとねぢ切る。髪の内より、血、たらたらと落ちて、前なる倒れし白地の衝立《ついたて》へその血かかるを、宅悦、見て

宅悦　ヤヤヤヤヤ。あの落ち毛からしたたる生血《なまち》は

トふるへ出す

お岩　一念とほさでおくべきか

トよろよろと立ち上がり、向ふを見つめて、立ちながら息引き取る思ひ入れ。宅悦、子を抱き、かけ寄って

宅悦　コレお岩様お岩様、モシモシ。◯

ト思はずお岩の立ち身へ手をかけてゆすると、その体、よろよろとして、上《かみ》の屋体《たい》へばったり倒るる。そのはずみに、最前投げたる白刃《しらは》、程よきやうに立ちかかりゐて、お岩の喉《のんど》のあたりをつらぬきし体《てい》にて、顔へ血のはねかかりし体にて、よろよろと屏風《びやうぶ》の間をよろめき出て、よきところへ倒れ、うめいて落ち入る。

（初日二番目中幕、雑司ケ谷《ぞうしがや》四谷町の場）

このあと、たちまちにお岩の亡霊は伊藤家の者にたたり、お梅も喜兵衛も幽霊と錯覚した伊右衛門の手にかかって死ぬ。お岩にはお袖という義理の妹がいる。彼女は赤穂《あこう》義士の一人佐藤与茂七《よもしち》の妻だが、どん底の境涯に身を落としたすえに、わざと夫に切られて死ぬ。お袖をつけまわしている男で、伊右衛門の仲間のような悪党の直助権兵衛《なおすけごんべえ》は、お袖の実の兄だった。彼は前非《ぜんぴ》を悔いて自害する。伊右衛門の両親も非業《ひごう》の死を遂げる。伊右衛門自身もさんざんお岩の亡霊に悩まされたすえに、与茂七に討たれる。

このあら筋でも知られるように、この芝居は「仮名手本忠臣蔵《かなでほんちゆうしんぐら》」とつながりがある。一

番目の「忠臣蔵」にたいする二番目として上演されたのだった。

芝居では、戸板返し、提灯《ちょうちん》抜け、壁抜け、仏壇返しなどの仕掛けが行われ、大ドロや薄ドロという気味の悪い鳴物《なりもの》（効果音）が響いて、お岩の幽霊が執念《しゅうねん》深く悪人どもを悩ませる。お岩は子歳《ねどし》なので、怪しい大鼠《おおねずみ》が猫をくわえて舞台を走りまわる。そして、血がしたり、心火《しんか》（鬼火）が燃えるのである。文化文政と呼ばれるこの時期の江戸庶民は、そのような怪奇な趣向を大歓迎したのであった。

この芝居には、理想的な人物は、ほとんど一人もでてこない。与茂七にしても、あの『南総里見八犬伝』の犬士のような、正義感にこり固まった倫理道徳のお手本というのではない。

南北はその芝居の世界を理想化しない。現実の醜《みにく》い面をじっと見すえて写し出そうとする。いや、醜い面をありのままというよりは、よりいっそう醜く誇張して写しているといったほうがよいかもしれない。けれども、そこにも人の世の真実は潜んでいるのである。それならば、われわれもそのような陰惨《いんさん》な舞台面から目をそむけてばかりもいられないのではないだろうか。

日本古典文学史年表

・＊印は成立年代不定
・カッコ内の番号は本文の作品番号を示す

五三八		仏教百済から伝来する
六〇四	推古12	聖徳太子、憲法十七条を制定する
六二〇	28	聖徳太子ら、天皇記・国記を作る
六四五	大化1	乙巳の変、大化の改新
六六七	天智6	近江大津宮遷都
六七二	天武1	壬申の乱
六八一	10	律令を作る
七一〇	和銅3	平城京遷都
七一二	5	古事記（1）
七一三	6	風土記（2）の献上を命ずる
七二〇	養老4	日本書紀
七四九	天平感宝1	東大寺大仏完成する
七五一	天平勝宝3	懐風藻
七五九	天平宝字3	万葉集（3）最後の歌詠まれる
七七二	宝亀3	歌経標式
七八四	延暦3	長岡京遷都
七八五	4	大伴家持没
七九四	13	平安京遷都
八〇七	大同2	古語拾遺
八一〇	弘仁1	薬子の乱
八二三	14	＊日本霊異記

八二七	天長4	経国集
八三五	承和2	空海入滅する
八九二	寛平4	日本三代実録
八九四	6	遣唐使廃止される
九〇〇	昌泰3	菅家文草
九〇一	延喜1	右大臣菅原道真大宰権帥に左遷される
九〇五	5	古今和歌集(4)
九三五	承平5	承平・天慶の乱始まる
		*将門記
		*土佐日記(5)
		*竹取物語(6)
		*伊勢物語(7)
九五一	天暦5	後撰和歌集
		*大和物語(8)
九六九	安和2	左大臣源高明大宰権帥に左遷される(安和の変)
		*落窪物語(9)
		*うつほ物語(10)
九七四	天延2	*蜻蛉日記(11)
九八五	寛和1	往生要集
一〇〇一	長保3	*枕草子(12)
一〇〇五	寛弘2	*拾遺和歌集
		*和泉式部日記
一〇〇八	5	*源氏物語(13)
一〇一〇	7	*紫式部日記(14)
		*和漢朗詠集
		*栄花物語
一〇四一	長久2	藤原公任没
一〇五一	永承6	前九年の役始まる
		*堤中納言物語
		*本朝文粋

		＊更級日記(15)
一〇八三	永保3	後三年の役始まる
一〇八六	応徳3	後拾遺和歌集
		白河院政始まる
		＊大鏡(16)
		＊俊頼髄脳
		＊今昔物語集(17)
一一二七	大治2	＊金葉和歌集
一一五一	仁平1	＊詞花和歌集
一一五六	保元1	保元の乱
一一五九	平治1	平治の乱
一一六九	嘉応1	＊梁塵秘抄(18)
一一八〇	治承4	源頼政、同頼朝、同義仲挙兵する(源平の動乱)
一一八五	文治1	壇ノ浦の戦
		平家滅亡

一一八八	4	千載和歌集
一一八九	5	源義経衣川で死す
一一九〇	建久1	西行入滅する
		＊山家集(22)
一一九二	3	源頼朝征夷大将軍となる
一一九三	4	曽我兄弟の仇討
一一九七	8	古来風躰抄
一二〇五	元久2	新古今和歌集(23)
一二〇九	承元3	近代秀歌
一二一二	建暦2	方丈記(24)
		＊発心集
一二一三	建保1	金槐和歌集(25)
一二一六	4	鴨長明没
一二一九	承久1	源実朝暗殺される
		＊保元物語(19)
		＊平治物語(20)

		*平家物語(21)
一二二一	3	承久の乱
		*建礼門院右京大夫集(26)
一二三五	嘉禎1	新勅撰和歌集
		*小倉百人一首
		*宇治拾遺物語(27)
一二四一	仁治2	藤原定家没
一二五二	建長4	十訓抄
一二五三	5	*正法眼蔵
一二五四	6	古今著聞集
一二七四	文永11	文永の役
一二八〇	弘安3	十六夜日記
一二八一	4	弘安の役
一二八三	6	沙石集(28)
一二九七	永仁5	永仁徳政令
一三一二	正和1	玉葉和歌集

		*とはずがたり
一三二四	正中1	正中の変
		*徒然草(29)
一三三一	元弘1	元弘の乱
一三三二	2	京極為兼没
一三三四	建武1	建武の中興
一三三九	延元4 暦応2	神皇正統記
一三四九	正平4 貞和5	風雅和歌集
一三五六	正平11 延文1	菟玖波集
一三六七	正平22 貞治6	*太平記(30)
		*増鏡
一三八一	弘和1 永徳1	新葉和歌集
一三九二	元中9 明徳3	南北両朝合一
		*風姿花伝
		*義経記(31)
		*曽我物語(32)

		＊隅田川(33)
一四三九	永享11	新続古今和歌集
一四四一	嘉吉1	嘉吉の乱
一四四三	3	世阿弥没？
一四六七	応仁1	応仁の乱始まる
一四八八	長享2	水無瀬三吟百韻(35)
一四九五	明応4	新撰菟玖波集
		＊瓜盗人(34)
一五〇二	文亀2	宗祇没
一五一八	永正15	閑吟集(36)
		＊文正草子(37)
		＊新撰犬筑波集
一五四〇	天文9	守武千句
一五四九	18	フランシスコ・ザビエル来日(キリスト教伝来)
一五六〇	永禄3	桶狭間の戦い

一五八二	天正10	本能寺の変
一五九二	文禄1	豊臣秀吉、朝鮮へ出兵(文禄の役)
一五九七	慶長2	秀吉、再度朝鮮へ出兵(慶長の役)
一六〇〇	5	関ヶ原の戦い
一六〇三	8	徳川家康江戸幕府を開く
一六一二	17	キリスト教禁制
一六一四	19	大坂冬の陣
一六一五	元和1	大坂夏の陣　豊臣氏滅亡
一六二三	9	醒睡笑
一六三七	寛永14	島原の乱
一六三九	16	鎖国令
一六五一	慶安4	由井正雪自殺する
一六五七	明暦3	明暦の大火(振袖火事)
一六八二	天和2	好色一代男

一六八三	3	八百屋お七の火事
一六八六	貞享3	好色五人女(38)
一六八八	元禄1	日本永代蔵
一六九〇	3	万葉代匠記
一六九二	5	世間胸算用(39)
一六九三	6	井原西鶴没
一六九四	7	*おくのほそ道(40)
		松尾芭蕉没
一七〇一	14	契沖没
一七〇二	15	赤穂浪士の仇討
一七〇三	16	曽根崎心中
		*去来抄
		*三冊子
一七一一	正徳1	冥途の飛脚(41)
一七一五	5	国性爺合戦
一七一六	享保1	折たく柴の記

		享保の改革始まる
一七二四	9	近松門左衛門没
一七四八	寛延1	仮名手本忠臣蔵(42)
一七五〇	3	武玉川初編
一七五三	宝暦3	京鹿子娘道成寺
一七六五	明和2	柳多留(43)初編
一七六八	5	雨月物語(44)
一七六九	6	賀茂真淵没
一七七五	安永4	金々先生栄花夢(45)
一七八三	天明3	万載狂歌集
		与謝蕪村没
一七八四	4	蕪村句集(46)
一七八五	5	江戸生艶気樺焼
一七八七	7	寛政の改革始まる
一七九七	寛政9	新花摘
一七九八	10	古事記伝

一八〇一	享和1	本居宣長没
一八〇二	2	東海道中膝栗毛(47)初編
一八〇九	文化6	浮世風呂(48)前編
		上田秋成没
一八一四	11	南総里見八犬伝(49)初輯
一八一五	12	蘭学事始
一八二〇	文政3	おらが春
一八二一	4	塙保己一没
一八二二	5	式亭三馬没
一八二五	8	東海道四谷怪談(50)
一八二七	10	小林一茶没
一八二九	12	修紫田舎源氏初編
		鶴屋南北(四世)没
一八三一	天保2	良寛寂

		十返舎一九没
一八三二	3	春色梅児誉美初二編
一八三七	8	大塩平八郎の乱
一八四一	12	天保の改革始まる
一八四三	14	香川景樹没
一八四八	嘉永1	曲亭馬琴没
一八五三	6	与話情浮名横櫛
		ペリー来航する
一八五八	安政5	安政の大獄
一八六〇	万延1	三人吉三廓初買
		桜田門外の変
一八六七	慶応3	大政奉還
		王制復古
一八六八	明治1	明治維新

本書は『日本文学の古典50選』(岩波ジュニア新書、一九八四年一一月二〇日初版、二〇一三年二月八日第15刷改版)を底本とし、編集のうえ文庫化したものです。

日本文学《にほんぶんがく》の古典《こてん》50選《せん》

久保田《くぼた》 淳《じゅん》

令和2年 11月25日 初版発行
令和6年 4月15日 8版発行

発行者●山下直久

発行●株式会社KADOKAWA
〒102-8177 東京都千代田区富士見2-13-3
電話 0570-002-301(ナビダイヤル)

角川文庫 22438

印刷所●株式会社KADOKAWA
製本所●株式会社KADOKAWA

表紙画●和田三造

ISBN 978-4-04-400624-2 C0195

◆◇◇

角川文庫発刊に際して

角川源義

　第二次世界大戦の敗北は、軍事力の敗北であった以上に、私たちの若い文化力の敗退であった。私たちの文化が戦争に対して如何に無力であり、単なるあだ花に過ぎなかったかを、私たちは身を以て体験し痛感した。西洋近代文化の摂取にとって、明治以後八十年の歳月は決して短かすぎたとは言えない。にもかかわらず、近代文化の伝統を確立し、自由な批判と柔軟な良識に富む文化層として自らを形成することに私たちは失敗して来た。そしてこれは、各層への文化の普及滲透を任務とする出版人の責任でもあった。

　一九四五年以来、私たちは再び振出しに戻り、第一歩から踏み出すことを余儀なくされた。これは大きな不幸ではあるが、反面、これまでの混沌・未熟・歪曲の中にあった我が国の文化に秩序と確たる基礎を齎らすためには絶好の機会でもある。角川書店は、このような祖国の文化的危機にあたり、微力をも顧みず再建の礎石たるべき抱負と決意とをもって出発したが、ここに創立以来の念願を果すべく角川文庫を発刊する。これまで刊行されたあらゆる全集叢書文庫類の長所と短所とを検討し、古今東西の不朽の典籍を、良心的編集のもとに、廉価に、そして書架にふさわしい美本として、多くのひとびとに提供しようとする。しかし私たちは徒らに百科全書的な知識のジレッタントを作ることを目的とせず、あくまで祖国の文化に秩序と再建への道を示し、この文庫を角川書店の栄ある事業として、今後永久に継続発展せしめ、学芸と教養との殿堂として大成せんことを期したい。多くの読書子の愛情ある忠言と支持とによって、この希望と抱負とを完遂せしめられんことを願う。

一九四九年五月三日

角川ソフィア文庫ベストセラー

富士山の文学
久保田　淳

日本人は富士山をどのように眺め、何を思い、その思いをどんな言葉に託してきたのか。和歌や物語、詩や俳句ほか、古今の作品に記されてきた「富士山」をたどりながら、日本人との関わりを明らかにしていく。

新古今和歌集（上）（下）
訳注／久保田　淳

「春の夜の夢の浮橋とだえして峰に別るる横雲の空　藤原定家」「幾夜われ波にしをれて貴船川袖に玉散る物思ふらむ　藤原良経」など、優美で繊細な古典和歌の精華がぎっしり詰まった歌集を手軽に楽しむ決定版。

無名抄
現代語訳付き

鴨　長明
久保田　淳＝訳

宮廷歌人だった頃の思い出、歌人たちの世評——従来の歌論とは一線を画し、説話的な内容をあわせ持つ。鴨長明の人物像を知る上でも貴重な書を、中世和歌研究の第一人者による詳細な注と平易な現代語訳で読む。

源氏物語（全十巻）
現代語訳付き

紫　式　部
訳注／玉上琢彌

一一世紀初頭に世界文学史上の奇跡として生まれ、後世の文化全般に大きな影響を与えた一大長編。寵愛の皇子でありながら、臣下となった光源氏の栄光と苦悩の晩年、その子・薫の世代の物語に分けられる。

新版　徒然草
現代語訳付き

兼　好　法　師
訳注／小川剛生

無常観のなかに中世の現実を見据えた視点をもつ兼好の名随筆集。歴史、文学の双方の領域にわたる該博な知識をそなえた訳者が、本文、注釈、現代語訳のすべてを再検証。これからの新たな規準となる決定版。